LA

MARGARITA NELKEN

LA TRAMPA DEL ARENAL

Edición, introducción y notas
de
ÁNGELA ENA BORDONADA

EDITORIAL CASTALIA

© Herederos de Margarita Nelken, 2000
© Editorial Castalia S.A., 2000
Zurbano, 39 - 28010 Madrid - Tel.. 91 319 58 57 - Fax 91 310 24 42
Página web: http://www.castalia.es

Impreso en España - Printed in Spain
ISBN: 84-7039-879-2
Depósito legal: M. 45.690-2000

SUMARIO

Introducción

A la memoria de mi madre

SEMBLANZA DE MARGARITA NELKEN

No es fácil enfrentarse a la tarea de reconstruir la biografía de una persona como Margarita Nelken. A la dificultad del olvido en el que, hasta hace poco tiempo, había caído su nombre,[1] se unía la complejidad de su propia existencia. Tuvo una vida intensa. Desempeñó actividades muy

---

1. Ha sido de gran ayuda para obtener datos de primera fuente el archivo personal de Margarita Nelken, conservado en el Archivo Histórico Nacional (citaré por AHN), además de los testimonios ofrecidos por Antonina Rodrigo, *Mujeres de España*, Barcelona, Plaza Janés, 1979, y su nueva edición, ampliada, que citaré en lo sucesivo, *Mujeres para la historia. La España silenciada del siglo xx*, Madrid, Compañía Literaria, 1996, pp. 265-283; de gran interés es el resumen biográfico de Jacobo Israel Garzón y Javier Mordejai de la Puerta, "Margarita Nelken, una mujer en la encrucijada española del siglo xx", *Raíces. Revista judía de cultura,* 20, 1994, pp. 32-46. Sobre su actividad política, M.ª Gloria Núñez Pérez, "Margarita Nelken: una apuesta entre la continuidad y el cambio", en *Las mujeres y la guerra civil española*, Madrid, Instituto de la Mujer, 1991, pp. 165-171.

diversas: arte, periodismo, literatura, política y, además, fue
madre de dos hijos. Participó directamente en los acontecimientos sociopolíticos del periodo más conflictivo de nuestro
siglo XX, la década de los treinta. Fue la única mujer diputada
que repitió escaño, por el PSOE, en las tres legislaturas de la
República y a la defensa de sus ideales políticos se entregó
con una voluntad compulsiva, convirtiéndose en una de las figuras más activas y polémicas, tanto en el periodo republicano como durante la guerra civil. Sus convicciones
ideológicas la llevaron a un desclasamiento —acentuado más
por su condición de mujer— que le ganó la incomprensión de
algunos de sus coetáneos. Siendo una intelectual de cultura re-
finada, procedente de la burguesía de los negocios, se alineó
en el socialismo radical de Largo Caballero y terminó pasán-
dose al Partido Comunista. Como consecuencia, para la burguesía fue "una roja" sospechosa de cualquier perversión,
juicio que la propia Margarita provocaba con alguna de sus
actuaciones. Para las bases proletarias, por las que tanto luchó, era una intelectual burguesa que "llegaba a los mítines
conduciendo su propio coche y vivía en la Castellana". En
algunos sectores socialistas causaba malestar su extremismo.
En el Partido Comunista tampoco encontró su sitio: su carácter autoritario, su origen burgués y el prestigio de Dolores
Ibárruri impidieron que alcanzara carisma popular. Define
muy bien esta situación Federica Montseny en unas declaraciones a Antonina Rodrigo: "Los socialistas no le perdona-
ron lo que creyeron una traición y los comunistas la miraron
siempre con recelo y desconfianza. Ésa fue para mí la tragedia de Margarita Nelken. Pero la Margarita Nelken crítico de
arte, la Margarita Nelken periodista, la Margarita Nelken en
cualquier terreno era un valor excepcional y una mujer valiente en todos los tiempos y en todas las situaciones".[2]

2. A. Rodrigo, *Op. cit.,* p. 280.

En 1939, el exilio la llevó a México, donde pasó el resto de su vida. Allí obtuvo popularidad y prestigio como periodista y crítica de arte. Allí también conoció la amargura del desengaño frente a alguna de sus posturas ideológicas y allí vivió el dolor de la pérdida de los seres que más quería: sus hijos.

Vivió episodios dramáticos en tiempos de desconcierto general, y fue una mujer que debe ocupar un lugar indiscutible entre las luces y las sombras de la reciente historia de España. Fue, además, una gran profesional que vivió siempre de su trabajo, como otras muchas mujeres de su generación. La política la desvió del camino de la literatura, su actividad menos conocida hoy. Nos ha dejado, sin embargo, buenas muestras de su capacidad narrativa —cultivó también otros géneros— en unos cuantos relatos breves y en la novela *La trampa del arenal* que presenta esta edición.

Infancia y juventud

Margarita Teresa Lea Nelken Mansberger nació en Madrid, a las once y cincuenta minutos del día 5 de julio de 1894.[3] Pertenecía a una familia judía de variado origen centroeuropeo. Sus abuelos paternos fueron —tomo los datos de su partida de nacimiento— Miguel Nelken, polaco, y Paulina Waldberg, austriaca. Su familia materna se hallaba establecida en Madrid desde 1872:[4] el abuelo, Enrique Mansberger, natural de Szegedia (Hungría), casado con Angela Leon, de Bayona (Francia), fue relojero del Palacio

---

3. Son datos de su partida de nacimiento. En algunos esbozos biográficos aparece como su año de nacimiento 1896 y 1898. La propia Margarita, en el padrón municipal de 1930, dice nacer en 1896.

4. Véase J. I. Garzón y J. de la Puerta, *Op. cit.,* p. 32.

9

Real y dueño de una joyería situada en la Puerta del Sol, número 15. A este negocio se asoció Julio Nelken, nacido en Breslau (Alemania), que se casaría con la hija de su socio, Juana Mansberger, en la sinagoga de Bayona, en 1893.[5] Un año después nacería su primera hija, Margarita, y en 1898, la segunda hija, Carmen Eva que, con el nombre de *Magda Donato*, sería conocida actriz, periodista y escritora —compañera sentimental y colaboradora del famoso dibujante Salvador Bartolozzi— y tras su exilio, en México, alcanzaría gran popularidad como actriz en el teatro, el cine y la televisión.[6]

La familia Nelken cambia frecuentemente de domicilio. Los padrones municipales la sitúan primero en el centro antiguo de Madrid: en la calle de Barrionuevo —luego Conde de Romanones— núms. 3 y 5 (donde nació Margarita), en la Plaza de Santa Cruz, núm. 2 (allí nació Carmen) y en Espoz y Mina, 2. Luego, en 1905, se trasladan a la calle de Alcalá, número 73, para cambiar, en 1910, al número 16 de la misma calle. Es la época de esplendor económico de la familia. Las hermanas Nelken reciben una educación esmerada: varios idiomas, música, pintura. *Magda Donato* se lamenta en su Diario[7] de los problemas que su condición de niñas no

5. J. I. Garzón y J. de la Puerta, *Op. cit.,* p. 32.

6. Sobre *Magda Donato*, véase, Ángela Ena, *Novelas breves de escritoras españolas (1900-1936)*, Madrid, Castalia, 1990; Jaime García Padrino, *Libros y literatura para niños en la España contemporánea*, Madrid, Fundación Germán Sánchez Ruipérez, 1992; Pilar Nieva, *Autoras dramáticas españolas entre 1918 y 1936*, Madrid, CSIC, 1993; A. Rodrigo, "Magda Donato, redimida por Semíramis*"*, *El Bosque*, 12, marzo, 1996, pp. 95-107.

7. A. Rodrigo, "*Madga Donato...*", *cit.*, p. 96. En el diario personal de ésta, a la vez que muestra cariño por su hermana y sobrinos —elige el nombre de su sobrina, Magda, como seudónimo—, descubre A. Rodrigo, como una dc las causas del distanciamiento entre las dos hermanas y basándose en el contenido de ese diario, la marcada preferencia de la madre por Margarita.

católicas y de familia extranjera les causó en su etapa esco-
lar. Margarita, en un resumen biográfico, enviado en 1964 a
una estudiosa de su obra,[8] confiesa que estudió el bachille-
rato francés clásico por libre.[9] Muy joven marchó a París
donde estudia piano y armonía, a la vez que sigue cursos de
pintura con Eduardo Chicharro, coincidiendo también con
María Blanchard.[10] Sus cuadros están en exposiciones co-
lectivas (*Secession*, Viena, 1914) y en individuales (Sala Pa-
rés, Barcelona, 1916). Una afección en la vista, que la
acompañaría toda la vida, la obligó a abandonar la pintura,
aunque no su dedicación a la crítica del arte, actividad que
comenzó siendo una adolescente y se convertirá en su au-
téntica profesión tras su exilio a México. En el resumen biográfico antes citado la autora señala que, a los 15 años,
publica su primer artículo, sobre los frescos de San Antonio
de la Florida, en la revista *The Studio*, de Londres. El segundo, sobre el Greco, en *Le Mercure de France*. Hasta la
guerra española colabora regularmente en diversas revistas
de arte españolas y europeas.

En 1915, varios acontecimientos afectan a la familia Nelken. Han abandonado la señorial calle de Alcalá y viven en
Ronda de Vallecas, 31, 3º C. Este cambio de domicilio puede coincidir —aunque también puede ser otra la causa, como
se verá más adelante— con una quiebra de la situación económica de Julio Nelken, consecuencia de la crisis provoca-
da por la guerra europea. De esto se hablará, mucho tiempo
después, en un artículo publicado en el periódico mexicano

8. Se trata de Juana Gascón Maíllo (Leg. 3236-155. AHN).

9. Dª Margarita Salas de Paúl, viuda de Rivas, me ofrece el dato de que
su abuela, Margarita Nelken, no fue al colegio a causa de las secuelas de
una gravísima escarlatina que la obligó a permanecer sin salir durante mucho tiempo, por lo que estudió en casa con maestros particulares.

10. A. Rodrigo, *Op. cit.*, p. 267; J.I. Garzón y J. de la Puerta, *Op. cit.*,
p. 33.

11

El Redondel (13-XI-1966), aludiendo a la necesidad de trabajar las dos hermanas Nelken: "De la primera guerra europea
del 14 al 18 data el menoscabo de la fortuna del señor Nelken, su padre, hasta entonces conocido joyero [...]. Eran
raras todavía en España las señoritas de la clase media que
trabajaban para ganarse la vida. Una y otra hermana, si bien
con diferente empeño en el ambiente de las letras y las artes,
diéronse a conocer".[11] Efectivamente, las dos hermanas salieron adelante con la pluma y su ingenio y, además de llevar a cabo otras actividades, sus firmas serían ya una
constante en la prensa española de la época, llegando a coincidir ambas en varias publicaciones: *ABC, Los Lunes de El
Imparcial, Estampa,* etcétera.

En el mismo año, 1915, tiene lugar otro acontecimiento
importante en la vida de Margarita Nelken: el día 26 de marzo nace su hija Magda. Es registrada en el Ayuntamiento de
Vallecas como Magdalena Rebeca Nelken Mansberger. Nunca se descubrió la identidad del padre. La vida sentimental de
nuestra escritora dio lugar a comentarios insidiosos, fomen-
tados, en parte, por su imagen de mujer intelectual e independiente, además de atractiva, y, en parte, porque ella
misma quiso rodearse de una exagerada aureola de libertad
sexual, en defensa del amor libre. Irene Falcón recuerda cómo presumía de tener —falsamente— varios hijos de distintos padres: "En el Ateneo asistí también a las charlas sobre el
amor libre de la futura diputada socialista [...]Margarita Nelken. Tenía muy mala fama, sobre todo entre sus compañeros más machistas, quienes malévolamente la apodaban 'el

11. El tema del trabajo en la mujer de clase media aparecerá en la obra
de las dos hermanas. En Margarita se refleja tanto en *La condición social
de la mujer en España* (1921) como en su novela. *Magda Donato* lo trata en su relato breve *La carabina* (1924), en A. Ena, *Op. cit.,* pp. 42-43 y
311-347.

colchón de las redacciones', porque ella presumía de que tenía muchos hijos, cada uno de un padre distinto. Yo admiraba la audacia, la libertad, el criterio con que proclamaba su promiscuidad y su prolífica maternidad. La verdad es que todo aquello era una pura fanfarria, porque, cuando años más tarde la conocí en profundidad [...] estaba casada con un marido estable y sólo tenía una hija y un hijo [...]".[12]

De los amores de Margarita Nelken, antes de su matrimonio, el más conocido hoy fue el que sintió por el joven y célebre escultor Julio Antonio, al que incluyó entre los artistas estudiados en su libro *Glosario* (1917). Su muerte prematura —por tuberculosis—, en 1919, sumió a Margarita en un gran dolor, llevándola, según varios testimonios, a intentar el suicidio.[13]

En el mismo año 1919, Margarita Nelken pone en práctica uno de los primeros proyectos que muestra sus inquietudes por los problemas sociales de la mujer. Funda, en el barrio madrileño de Ventas (calle Bocángel, 9),[14] la *Casa de los Niños de España*, destinada a recoger, durante el día, a hijos de mujeres trabajadoras solteras o casadas. Para ello recibió diversas ayudas,[15] pero, dos años después, debió clausurarla por problemas económicos y por las presiones de sectores conservadores ante la negativa de Margarita Nelken a admitir personal religioso para la atención de los niños.

12. Irene Falcón, *Asalto a los cielos*, Madrid, Temas de Hoy, 1996, pp. 47-48.
13. Santos Torroella, "El rescate de Julio Antonio", Introd. a *Exposición de esculturas. Julio Antonio (1889-1919)*, Madrid, Dirección Gral. de Bellas Artes, 1969, p. 16.
14. Tomo el dato de la calle de J.I.Garzón y J. de la Puerta, *Op. cit.*, p. 34. Véase también A. Rodrigo, *Op. cit.*, pp. 271-272.
15. J. I. Garzón y J. de la Puerta (p. 34) indican que Unamuno le cedió los derechos de su drama *El pasado que vuelve*, aunque nunca llegó a estrenarse.

En 1921, el 11 de marzo, nace en Madrid su hijo, Santiago de Paúl Nelken, fruto de su relación con Martín de Paúl y de Martín Barbadillo, dedicado a los negocios, nacido en 1887, de aristocrática familia sevillana, con quien nuestra escritora vivía, desde 1920, en la calle Menéndez Pelayo, 29, 2º (en el núm. 31, vivían, por entonces, sus padres). No se casarán hasta 1933, cuando, tras la proclamación de la ley del divorcio, Martín de Paúl obtiene el divorcio de Concepción García Picayo, el 30 de noviembre, por la Audiencia de Granada.[16] Entonces reconoce legalmente también a Magda, la hija mayor de Margarita, aunque ya en el censo de 1930 aparecía como Magdalena de Paúl Nelken.

Otro hecho de gran repercusión para su trayectoria profesional tiene lugar en el año 1921. Publica *La condición social de la mujer en España*. Las ideas avanzadas y críticas que, sobre la mujer española, expone en este libro levantan gran polémica cuando, tras prohibirlo el obispo de Lérida y hacer expediente a una maestra de la Normal por comentarlo a sus alumnos, llega el asunto a las Cortes.[17] La misma Margarita recuerda los detalles de estos incidentes en una entrevista de Artemio Precioso, al frente de la novela breve *La aventura de Roma*[18] y, con ironía, en un pasaje de *El orden* (en *La Novela Roja*, 1931), relato de fondo autobiográfico al que pertenece el siguiente texto:

Cuando el señor obispo de Lérida —doctor Miralles, [...] denunció uno de mis libros, impulsó al incomparable señor Silio, por entonces ministro de Instrucción Pública, a formar expediente a la profesora de la Normal que lo había puesto en

---

16. En el padrón de 1930 hay una nota al pie del documento, añadida en 1933, donde se indica este dato.

17. A. Rodrigo, *Op. cit.,* p. 270 y M.ª Aurelia Capmany, Prólogo a *La condición social de la mujer en España*, Barcelona, CVS, 1975, p. 22.

18. En A. Ena, *Op. cit.,* pp. 265-269.

manos de sus alumnos, y, por último a los señores párrocos de
su diócesis a predicar desde el púlpito contra tan nefando es-
crito, yo no descansé hasta manifestar en una "interviu" que se
me hizo toda mi gratitud hacia tan espontáneo protector. ¡Ahí
es nada, tres sesiones del Congreso discutiéndose.acerca de un
libro! [...] ¡Y ahí es nada ir a dar conferencias a una ciudad, y
todos los señores párrocos de ésta, instigados por el señor obispo, haciéndome gratis el anuncio![19]

A partir de este momento, la actividad de Margarita Nelken se multiplica en varias direcciones. A su dedicación periodística, se suma la publicación, entre 1922 y 1926, de
varios cuentos y novelas breves. En 1923 publica *La trampa del arenal*. Su progresiva dedicación a temas artísticos y
sociales parecen alejarla de la creación literaria, de modo
que sólo publicará un relato más, *El orden*, en 1931. Su nombre se consolida en la crítica de arte. Durante quince años se
encargó de los cursos de pintura organizados por el Museo
del Prado. Fue también miembro del Patronato del Museo de
Arte Moderno y sus conferencias son frecuentes en estos y
otros centros culturales como el Louvre de París. Por esos
años publica tres libros que revalidan su prestigio en el mundo cultural: *Tres tipos de vírgenes* (1929), *Johan Wolfgang
von Goethe* (s. f., entre 1927-1930) y *Las escritoras españolas* (1930).

Por este tiempo, Margarita Nelken aparece cada vez más
implicada en los conflictos obreros. Dirige la huelga de ci-
garreras, "primera huelga femenina en Madrid" —según sus
propias palabras en el resumen biográfico antes citado— y
su capacidad de oradora vehemente se pone al servicio de la
causa proletaria. En plena dictadura de Primo de Rivera
vivió numerosos incidentes frente a las fuerzas públicas con

19. Véase *El orden*, en edición de Gonzalo Santonja, *Las Novelas Rojas*, Madrid, Ed. de la Torre, 1994, p. 358.

INTRODUCCIÓN

ocasión de las frecuentes charlas que daba en Casas del Pueblo y Ateneos obreros de toda España. Antonina Rodrigo recuerda, entre otros episodios, que por este motivo fue clausurado el Ateneo de Oviedo "al hablar de los favoritos y los monarcas",[20] clara alusión al Rey y a Primo de Rivera. Debió de ser una experiencia notable, porque el incidente es el tema central —incluida la localización, Oviedo— del relato *El orden*, de 1931.

En 1930 Margarita y Martín de Paúl viven ya en el paseo de la Castellana, núm. 51, dpdo., 4º dcha.[21] Esta época sería recordada, años después, por Ceferino R. Avecilla en el periódico *México al día* (15-XII-1944), en un artículo titulado "Margarita Nelken o la Española". En él rememora las tertulias en el Ateneo, junto a Ricardo Baroja, Victorio Macho y otros: "Luego de extinguida la tarde, llegaba Margarita. Charlábamos. Me llevaba en su coche a mi casa [...] Su vida era entonces dulce, apacible y de estabilidad definitiva. En su casa —un piso delicioso en el Paseo de la Castellana— toda comodidad tiene su asiento".

República y guerra civil

Proclamada la República el 14 de abril de 1931, se convocan elecciones para las Cortes Constituyentes, que se celebrarían en el mes de junio. Aunque la mujer todavía no podía ejercer su derecho al voto —éste sería uno de los grandes debates de la primera legislatura—, a estas primeras

20. A. Rodrigo, *Op. cit.*, p. 270.
21. El censo municipal de este año indica que se trata de una casa acomodada: tienen dos criadas y pagan 5.000 pts. —se supone anuales— de alquiler. Por el domicilio anterior, en Menéndez Pelayo, pagaban 1.200 pts. y tenían una criada.

16

elecciones se presentan varias mujeres de distintos parti-
dos,[22] de las que salen elegidas Clara Campoamor, del Partido Radical, por Madrid, Victoria Kent, de Izquierda
Republicana, por Jaén y, en las elecciones parciales celebra-
das en octubre, obtiene escaño Margarita Nelken, del PSOE,
por Badajoz. Por haber conservado la nacionalidad alemana
de su familia paterna —y aunque ella siempre ostentó su
condición de española—[23] se discute la legalidad de su acta
de diputada, que fue defendida por Victoria Kent y por Ca-
sanueva. La cuestión queda zanjada ratificando las Cortes la
nacionalidad española. En la partida de nacimiento de Margarita hay una nota al margen que indica este dato.

Margarita Nelken vuelve a ser elegida en los otros dos co-
micios celebrados. Interviene en importantes debates con su
vehemencia habitual (los diarios de sesiones del Congreso y
memorias de políticos de aquella época ofrecen ricos testimonios de ella). No pudo participar en la decisión sobre el
sufragio femenino, pues no tenía todavía el acta de diputada, aunque apoyó a Victoria Kent en la negativa al voto de
la mujer,[24] pero sí actuó en favor de la ley del divorcio, en la
supresión de la asistencia de religiosos a los presos, igualdad
jurídica de la mujer, etc. Formó parte, asimismo, de diversas
comisiones. A la vez, su presencia se prodiga en conferencias y mítines —siendo muy solicitada su participación—
por Andalucía, Extremadura, Murcia, País Vasco y Madrid.
Algunas agrupaciones femeninas obreras toman su nombre:

22. Véase Esperanza García Méndez, *La actuación de la mujer en las
Cortes Constituyentes de la II República*, Madrid, Almena, 1977.

23. En la citada entrevista hecha por Artemio Precioso, a la pregunta
sobre su lugar de nacimiento, responde: "En Madrid; por más señas, en la
calle de las chuletas, alias, del Conde de Romanones. Se ha dicho a veces
que yo era extranjera; ya ve usted que puedo presumir de castiza".

24. E. García Méndez, *Op. cit.,* p. 9, y A. Rodrigo, *Mujeres...*,
pp. 272-274.

Sociedad Agrícola de Mujeres "Margarita Nelken" de Tala-
vera de la Reina, de UGT, y el Grupo Sindical Socialista
"Margarita Nelken" de El Bonillo (Albacete).[25] Será precisamente su defensa de los campesinos de Badajoz —provincia de la que era diputada— y su apoyo a que se
manifestasen ante el Ayuntamiento de Castilblanco, el 31 de
diciembre de 1931, por la demora de la aplicación de la Re-
forma Agraria, la causa de que un sector de la prensa —*La
Voz Extremeña*— y, posteriormente, el director general de la
Guardia Civil, general Sanjurjo, la responsabilizasen, junto
a Manuel Muiño, también diputado socialista por esa provincia, de los graves incidentes que ocurrieron en el enfren-
tamiento entre campesinos —armados con viejas escopetas
de caza— y fuerzas de la Guardia Civil. El triste saldo fue
de cuatro guardias y un labrador muertos y varios heridos.[26]

Los trágicos acontecimientos de octubre de 1934 en la
cuenca minera asturiana y el fracaso de los intentos revolu-
cionarios influyeron en la radicalización ideológica de Margarita Nelken. Por su intervención en aquellos episodios
debió exiliarse, primero en París y luego en Moscú, donde
permaneció un año. La propia autora recuerda así aquel episodio en el resumen autobiográfico ya citado:

> En [el] 34, a raíz del Movimiento revolucionario (yo fui a
> transmitir a Extremadura las órdenes de huelga general del
> Partido Socialista) se me quitó la inmunidad parlamentaria y
> se me pedían 20 años. Oculta un tiempo, pude por fin escapar,
> disfrazada, maquillada y gracias a la ayuda generosa de la
> entonces Embajada cubana en Madrid. De París pasé a Ru-
> sia, después de haber hecho campaña, en los tres países es-
> candinavos, para que sus gobiernos evitaran fusilamientos de
> dirigentes mineros en Asturias. Estuve en la URSS, viajando

25. M.ª Gloria Núñez, *Op. cit.,* pp. 165-171.
26. A. Rodrigo, *Mujeres...,*p. 265.

hasta la frontera persa, hasta ser de nuevo elegida diputada en [el] 36 (AHN Leg. 3236).

En Moscú entra en contacto con la política soviética aplicada a la mujer, que nuestra autora considera como modelo para conseguir la liberalización femenina, y se afirma en la tesis de que sólo la revolución solucionará los problemas de las clases proletarias. Es entonces cuando escribe *Por qué hicimos la revolución*, libro que trata de las jornadas de octubre del 34, dedicado a las víctimas de aquellos sucesos, para quienes, como la autora recuerda en el texto anterior y en colaboración con Socorro Rojo Internacional, solicita ayuda en diferentes países europeos.[27] En Moscú tiene ocasión de trabar amistad con importantes personalidades del régimen comunista. En este tiempo, su hija Magda contrae matrimonio[28] con Adalberto Salas, con quien tendrá una hija, Margarita —familiarmente llamada Cuqui—, que reside actualmente en México.

A su regreso de Moscú, en marzo de 1936, Margarita Nelken hace pública su aproximación a posturas marxistas y su defensa de la revolución proletaria. Gil Robles, en su libro *No fue posible la paz*, recoge, aunque sin revelar las fuentes, declaraciones de nuestra escritora que coinciden con el contenido de sus escritos políticos de esa época, dentro de la línea defendida por Largo Caballero en su oposición a la definición programática de Azaña y en distanciamiento de la línea de Indalecio Prieto: "La dictadura del proletariado es indispensable para establecer el socialismo. La República burguesa [se refiere a la República española] para los burgueses. Para los obreros, la República socialista (...). Para dictar justicia de clase no hacen falta magistrados reaccionarios. Basta con un

---

27. Véase amplio comentario sobre la ideología de M. Nelken en esta etapa, en M.ª Gloria Núñez, *Op. cit.,* pp. 168-169.

28. Datos tomados de J.I. Garzón y J. de la Puerta, *Op. cit.,* p. 37.

panadero, que no importa que no sepa de leyes, con tal que sepa lo que es la revolución".[29]

El nombre de Margarita Nelken aparece, aunque de forma indirecta, en los acontecimientos que rodean a la muerte, el 13 de julio de 1936, de José Calvo Sotelo, a quien nuestra diputada había dirigido duras imprecaciones en las Cortes, unos meses antes.[30] Entre los componentes del grupo al que se le atribuyó el secuestro e inmediato asesinato del dirigente derechista figura el guardia de asalto José del Rey, miembro de la escolta de Margarita Nelken.[31] Otro de los que intervinieron en la acción fue el capitán de la Guardia Civil Fernando Condés, que moriría en el frente de Guadarrama el día 30 de ese mismo mes de julio. Según información de David Jato, la encargada de pronunciar las honras fúnebres en su entierro fue Margarita Nelken.[32] Ese día, en

29. José M.ª Gil Robles, *No fue posible la paz*, Barcelona, Ariel, 1968, pp. 676 y 686. En p. 651 recoge fragmentos de un mitin, celebrado en el cine Europa, de Madrid, el 10 de abril de 1936, con intervención de Largo Caballero, M. Nelken y el comunista José Díaz.

30. Ian Gibson, *La noche en que mataron a Calvo Sotelo*, Barcelona, Argos Vergara, 1982, p. 68, toma del *Diario de sesiones* (15-IV-1936) las frases de Nelken y de Pasionaria contra Calvo Sotelo.

31. Véase J.M. Gil Robles, *Op. cit.,* p. 751; David Jato Miranda, *Madrid, capital republicana*, Barcelona, Acervo, 1976, p. 244; I.Gibson, *Op. cit.,* p. 117.

32. Se ha publicado en varios medios que Condés se refugió en casa de M.Nelken, tras el asesinato de Calvo Sotelo (*vid.,* D. Jato, *Op. cit.,* p. 244). I.Gibson, *Op. cit.,* ofrece más luz a este asunto: según Juan-Simeón Vidarte, *Todos fuimos culpables. Testimomio de un socialista español*, Barcelona, Grijalbo, 1978, I, pp. 214-216, Condés le confesó: "puedo ocultarme en casa de la diputada Margarita Nelken [...]. Allí no se atreverán a buscarme" (Gibson, p. 151); por otra parte, el propio Gibson (p. 193) ofrece otro interesante testimonio de Víctor Salazar que contradice las anteriores versiones: "Prieto aconsejó a Condés que se ocultara. Éste y Cuenca se refugiaron en casa de una amiga mutua, no de la diputada socialista Margarita Nelken, como se ha venido diciendo".

el periódico *Claridad* (31-VII-1936), escribe un artículo, donde habla de la gran amistad que la unía a Condés, además de dedicarle unos sentidos versos.

Desde que comienza la guerra civil española, Margarita Nelken adopta una actitud combativa que la convertirá en una de las figuras más representativas de la resistencia gubernamental a lo largo de toda la contienda. Ya desde los primeros días tenemos noticias de su actividad: colabora en la formación de compañías de milicianas; realiza frecuentes visitas a los distintos frentes —sentía orgullo de que dos batallones llevasen su nombre—[33] que luego reflejaba en los reportajes publicados en la revista *Estampa*; visita a los heridos en los hospitales; colabora en la campaña para surtir de prendas de abrigo a los combatientes, bajo la consigna "En una semana las madrileñas deben hacer cinco mil jerséis". Asiste, igualmente, a concentraciones y mítines. David Jato destaca el celebrado en el cine Coliseum en el marco de un festival de música rusa, dirigido por el maestro Sorozábal. El acto fue recogido por los periódicos *ABC* y *La voz*, el 15 de setiembre del 36. Este último diario recogía estas palabras de Nelken:

> El pueblo de Madrid puede y quiere darse el gusto de hacer un alto y escuchar un poco de música. No puede haber nexo alguno con los rebeldes, nos separan el odio y el amor. Ellos pisotean el alma del niño y se escudan en las mujeres del Alcázar para hurtarse el castigo que merecen.[34]

33. D.ª Margarita Salas de Paúl me informa de que llevaban el nombre de Margarita Nelken un batallón de obreros madrileños y otro de obreros extremeños. Mauro Bajatierra, en *La guerra en las trincheras. Crónicas del frente de Madrid,* 1937, p. 59, comenta que el sesenta por ciento del batallón "Margarita Nelken" estaba formado por estudiantes universitarios (tomado de Gemma Mañá y otros, *La voz de los náufragos. La narrativa republicana entre 1936 y 1939*, Madrid, Ed. de la Torre, 1997, p. 79 y n. 48).

34. D. Jato, *Op. cit.*: véanse este y otros testimonios en pp. 204-205, 310, 333, 400, 401, 432, 520-521, 553.

En el episodio del Alcázar de Toledo, Margarita Nelken tuvo una implicación personal que, además, se ha convertido en una de sus actuaciones más polémicas que exige una objetiva aclaración.[35] Varios historiadores de ideología conservadora —o que utilizan estas fuentes— la consideran responsable de haber llamado a una brigada de mineros asturianos para volar el Alcázar; algunos llegan a reproducir el texto del telegrama: "Os necesitamos. Hay que volar el Alcázar".[36] José Mª Pemán, en *Poema de la Bestia y el Ángel,*[37] alude a ella como "una walquiria rubia" en el tono peyorativo que muchos de sus contemporáneos emplearon injustamente para referirse a su vida y sus actividades:

Y aquella tarde, contra
las luces del crepúsculo sangriento,
una walquiria rubia, desmelenada al viento
llena los aires de rencor: "Las piedras
del Alcázar —les grita— serán lecho
para vuestras mujeres y nuestros milicianos"
Y las uñas sangrantes de sus manos
repintadas, profanan la serena
tarde y la dulce sagra de abejas de oro llena

35. Aunque no tratan de Margarita Nelken, remito a Antonio Bullón y Luis E. Togore, *El Alcázar de Toledo, final de una polémica,* Madrid, Actas, 1997, donde se revisan diversos temas relacionado con el asedio y ofrecen una amplia y actualizada bibliografía. Por su parte, Rafael Casas de la Vega, *El Alcázar*, Madrid, G. del Toro, 1976, p. 259, núm. 17, recoge fuentes variadas sobre la actuación de M. Nelken y entiende su presencia en el Alcázar "como un acto de propaganda política".

36. Peter Wyden, *La guerra apasionada*, Barcelona, Martínez Roca, 1983, p. 122.

37. Publicado en Zaragoza, Jerarquía, 1938. Este fragmento aparece reproducido en Bernardo Gil Mugarza, *España en llamas. 1936*, Barcelona, Acervo, 1968, p. 180, junto a una arenga de M. Nelken en el Alcázar y un texto muy denigratorio para ella, de Ramón Arrarás, *Historia de la cruzada española*, Madrid, Datafilms, 1984, I, p. 435.

Margarita Nelken negó enérgicamente la responsabilidad que le imputaban sobre la voladura del Alcázar. En la respuesta, el 6 de febrero de 1966, a la carta de un investigador norteamericano acerca de un libro que trataba del asunto,[38] dice: "[...] lo cual no tiene NI ASOMO (*sic*) de verdad. JAMÁS me dirigí yo a los mineros asturianos con tal demanda". Sí afirma, en cambio, que estuvo junto a las murallas del Alcázar para animar a las mujeres que —dice— estaban allí como rehenes de los defensores. Confiesa, igualmente, que ella condujo a Madrid el tesoro de la catedral de Toledo para depositarlo en el Banco de España. Por su interés, extraigo un fragmento de la carta de Margarita Nelken: "Durante el sitio del Alcázar yo efectivamente fui varias veces a Toledo: pegándome a sus murallas —del Alcázar— repetidamente hablé a los del interior, en particular a las mujeres allí tenidas como rehenes. Y cuando se vio que ya era inminente la pérdida de Toledo, por órdenes de Largo Caballero, y con todo sigilo, saqué el tesoro de la catedral y lo traje a Madrid, al Banco de España. Lo traje en un camión conducido por unos compañeros. Yo iba detrás en un auto. Y para evitar asaltos en el camino, procuramos que aquello pareciera un transporte sin importancia. Claro que el viaje fue de una tensión terrible hasta que llegamos a Madrid" (Carta en AHN, Leg. 3237-2).

Cuando, en noviembre de 1936, el Gobierno de la República se traslada a Valencia, Margarita colabora de forma muy activa para mantener la moral de la población madrileña. Fueron célebres sus arengas, en la mañana del 7 de

---

38. Se trata de Holman Hamilton, profesor de Historia de la Universidad de Kentucky, sobre el libro, que debía reseñar, de Cecil D. Eby, *The siege of the Alcázar*, New York, 1965. Este libro —que, según R. Casas de la Vega, *Op. cit.,* p. 354, contiene graves errores de apreciación— habla de la llamada de los mineros por M. Nelken.

noviembre, por los micrófonos de Unión Radio, para que los madrileños acudiesen a la Casa de Campo y a la Ciudad Universitaria para defender la capital.[39] Margarita multiplica su actividad. Julián Zugazagoitia —en el tono crítico que utiliza habitualmente cuando se refiere a ella— comenta su presencia en el Ministerio de la Guerra: "Según mis informes, se había convertido en una autoridad en el Palacio de Buena Vista, donde permanecía horas y horas, ordenando con un tono menos insinuante que el de su manera habitual".[40]

Por entonces ya era manifiesto el distanciamiento entre Largo Caballero —jefe del Gobierno desde setiembre de 1936 y a quien se le exigía, entre otras cosas, mayor dinamismo en las acciones de guerra— y algunos de sus seguidores, que se acercaban hacia posturas comunistas. Entre aquellos se encontraban personas del entorno próximo del dirigente socialista como la propia Margarita Nelken que hizo efectiva su ruptura con el PSOE, ingresando en el Partido Comunista a comienzos de enero de 1937.[41]

En este tiempo se lleva a cabo la campaña, "Salvar a los niños", por la que, para apartarlos de los horrores de la guerra, cientos de niños fueron separados de sus familias y conducidos a distintos países extranjeros. Margarita Nelken intervino personalmente en esta empresa, como se puede observar en las duras palabras que, desde las páginas de *Mundo Obrero* (13-I-37), lanza contra las madres que se niegan a la separación de sus hijos o lloran en la despedida.[42] No es

39. A. Rodrigo, *Mujeres...*, pp. 274-275 y J. I. Garzón y J. de la Puerta, *Op. cit.,* p. 38.
40. Julián Zugazagoitia, *Guerra y vicisitudes de los españoles*, Barcelona, Crítica, 1977, II, p. 186.
41. Amplia información en Burnett Bolloten, *Op. cit*, pp. 199-200. J.Zugazagoitia, *Op. cit.,* pp. 186-187 y Santiago Carrillo, *Memorias*, Barcelona, Grijalbo, 1993, p. 213, hablan de este tema.
42. Reproduce estos textos A. Rodrigo, *Mujeres...*, pp. 276-278.

extraña esta actitud de dureza en nuestra escritora, cuando ella misma vivía el alejamiento de su hijo, Santiago, que, a los 15 años y ocultando su verdadera edad, se había alistado en el ejército republicano, participando en la cruenta batalla del Ebro bajo las órdenes de Líster. Al final de la guerra, llegó a ser teniente, con sólo 17 años, por lo que Margarita Nelken diría con orgullo, años después: "Mi hijo fue el soldado más joven del ejército español".

En medio de estas acciones, Margarita mantiene sus inquietudes culturales. Sigue colaborando en la prensa, ahora, con temas sobre la guerra, e interviene en los acontecimientos político-culturales en apoyo a la España republicana: Comité Mundial de Mujeres contra la Guerra y el Fascismo (Madrid, setiembre de 1936); II Conferencia Nacional de Mujeres Antifascistas (finales de octubre de 1937);[43] Congreso de Escritores Antifascistas (Madrid-Valencia-Barcelona, julio de 1937).[44] En 1938 visita por primera vez México, para asistir a la celebración de un Congreso Antifascista, del que fue uno de los vicepresidentes.[45]

También la diputada Nelken cumpliría sus deberes parlamentarios hasta última hora: asistió al último pleno celebrado por las Cortes republicanas en el castillo de Figueras, el 1 de febrero de 1939. Entre los diputados asistentes, tres mujeres: Margarita Nelken, Dolores Ibárruri y Victoria Kent. Sólo les quedaba el exilio. El 5 de febrero, Franco decretó la Ley de Responsabilidades Políticas. Aludiendo a ella, el pie de una fotografía, publicada años después en la prensa mexicana, diría: "Margarita Nelken. Ex diputado española, condenada a exilio y a una multa de diez millones de pesetas".

43. Amplio comentario en Irene Falcón, *Op. cit.,* pp. 155-156.
44. Andrés Trapiello, *Las armas y las letras. Literatura y guerra civil (1936-1939),* Barcelona, Planeta, 1994; A. Rodrigo, *Mujeres...*, pp. 275-276.
45. Dato ofrecido por D.ª Margarita Salas de Paúl.

Primeros años del exilio

Como tantos miles de españoles, a primeros de febrero de 1939, Margarita Nelken inicia el exilio en Francia. Durante unos meses vive en París, protegida por la Embajada mexicana. En este tiempo, gestiona el rescate de su hijo Santiago que, al huir de las tropas franquistas y como teniente del ejército republicano, había sido recluido en el campo de concentración francés de Saint Cyprien. De este campo, Margarita consiguió sacarlo junto a Rubén Ruiz Ibárruri —hijo de Dolores Ibárruri, *Pasionaria*— y otros compañeros.[46] En noviembre del mismo año, Margarita, acompañada de su madre, su hija y su nieta, embarca para México. Mientras, su hijo Santiago permanece dos meses en Amsterdam junto a su padre —cónsul de la República Española en esta ciudad—, hasta que la dirección del Partido Comunista le ofrece marchar a la URSS. El 1 de marzo de 1939, Santiago llega a Leningrado. En Moscú estudia ingeniería. Margarita nunca volvería a ver a su hijo, pero, en la distancia, sigue pendiente de él e, incluso, envía artículos a la prensa soviética, cuya remuneración recibe Santiago, como muestran varias cartas de exiliados españoles en Moscú, con abundantes noticias que calmarían, sin duda, sus inquietudes de madre:

Santiago vive ahora en Moscú. El otro día estuvo en casa de Arconada [...] Piensa en el próximo curso entrar en una escuela o instituto técnico. Está bien y contento y con muchas ganas de estudiar. Los recortes de periódicos se los di a la redacción de la *Literatura Internacional* para que ellos los aprovecharan y Santiago pueda cobrar algún dinero (Carta firmada por F. Valín y fechada el 10-VI-1941. [AHN Leg. 3237-137]).

46. Me ofrece esta información D.ª Margarita Salas de Paúl.

Tras la invasión alemana del territorio soviético, Santiago se incorporó, como voluntario, al Ejército Rojo y, como se comentará más adelante, murió en el frente en 1944. El matrimonio de Margarita Nelken ya estaba roto, cuando marcha a México. Su marido, Martín de Paúl, convivía con otra mujer en el consulado de Amsterdam, que aparece denominada despectivamente como "la Nati" en la amistosa correspondencia que Margarita mantiene con Germaine Altoff, persona vinculada al consulado español en la ciudad holandesa.[47] Dice Germaine en una carta: "Si algún día se necesitan mis informes para obtener algo para la familia legítima del Sr. De Paúl, estoy siempre a su disposición, pero para 'la Nati' (como el Sr. Polak y yo la solíamos apodar) naranjas de la china" (carta fechada en Amsterdam, 12-IV-1949 [AHN, Leg. 3233]). Margarita nunca aceptó la situación sentimental de su marido. En respuesta a la carta anterior de Germaine —en 1949— llega a responsabilizar a la conducta de su marido de la marcha de su hijo a Rusia, donde encontró la muerte, en lugar de quedarse en Holanda: "[...] si el padre se hubiera comportado como tal con una criatura que le llegaba del campo de concentración y de tres años de trincheras; si no le hubiera infligido lo que tanto debió zaherirle y que no pudo soportar, es decir, la convivencia con la que ocupaba el puesto que a la madre le correspondía, quizá mi hijo no hubiera tenido deseos de irse a donde marchó a encontrar la muerte" (carta fechada el 19-IV-1949 [AHN Leg. 3233]). En 1940, Martín de Paúl se establece también en México. Margarita, en la citada carta, de 1949, se refiere, con indignación, a la situación de su marido —en ese mismo año—, enamorado de una jovencita: "[...] ahora anda de representante, con sueldo y comisión, en una fábrica... y con

47. Dª. Margarita Salas me informa de que fue secretaria de Martín de Paúl en el Consulado.

una chica que podía ser, según me han contado, no su hija, sino su nieta [...] Está apartado de todo... de todo lo que no sea
esa vida suya de ahora. Ud. que le conoció tan 'señor', pen-
sará como yo que es como para creer en bebedizos" (*Ibídem*).

Tras la llegada a México, se deshizo también el matrimonio de su hija, Magda, con Adalberto Salas. Éste volvió
a casarse, tuvo cuatro hijos del nuevo matrimonio y murió
en 1950, en la capital mexicana. De este modo, aunque con
vidas separadas, se reúnen en México las personas más pró-
ximas a Margarita Nelken, incluida su hermana, *Magda Donato*, que, junto a su compañero, Salvador Bartolozzi, llega
en 1942 y alcanza la fama como actriz en el teatro, el cine y
la televisión. Las dos hermanas estaban ya distanciadas antes del exilio y, en el minucioso archivo de Margarita, no se
encuentra ninguna huella de las actividades de su hermana,
a excepción de una nota de prensa sobre la muerte de ésta,
en 1966.

Nuestra autora inicia una nueva vida en México, "entregada al trabajo" —empleando sus propias palabras— y con
no pocos esfuerzos para sacar adelante a su familia, es decir,
su madre, su hija Magda y su nieta Cuqui. Como dice en una
carta a su fiel criada de España, Ricarda —de la que hablaré más adelante—: "Ya las cuatro generaciones juntas y solas por el mundo". En México tendrá varios domicilios. En
su epistolario se observa que en 1941 vive en la calle Eze-
quiel Montes, 14 (desconozco si antes vivió en otro lugar);
luego en la calle Viena, 16; y, en 1945, en la calle Dinamar-
ca, 25. Desde 1948 habita la que será su casa definitiva, en
la calle Lerma, 94, edificio en el que, en sus últimos años,
su nieta —ya casada— ocupará otro piso, al lado, en la misma planta.

Desde el principio, Margarita Nelken fue bien acogida en
los medios políticos, intelectuales y culturales de México.
Colabora —hasta el final de su vida— en los más importantes

periódicos y revistas de información general y cultural y llegó a ser una de las figuras más respetadas entre los artistas y galeristas mexicanos. Fue socio fundador del Ateneo Español de México, institución que intenta continuar la brillante labor cultural de los Ateneos españoles de la preguerra, contando con la colaboración de ilustres exiliados españoles. Nuestra escritora participó en este centro con su entusiasmo característico. En México incrementa su actividad como conferenciante, publica con éxito varios libros, es invitada a los actos sociales de mayor relieve y recibe, por distintos motivos, numerosos homenajes que quedan reflejados en la prensa mexicana. Un testimonio de la popularidad que alcanzó es la publicación, en 1943, de unas *calaveras*[48] que aluden a diversos personajes mexicanos y, junto a ellos, a tres extranjeros: Picasso, Neruda y Margarita Nelken, a ésta por el éxito de la reedición de su libro, *Historia del hombre que tuvo el mundo en la mano. Johan Wolfgang Goethe*. Reproduzco, por su interés, las estrofas referidas a los tres personajes citados (el autor es José Fernández Mendizábal, citado en la dedicada a Picasso):

PANTEÓN

Orozco llamó a Picasso
y Picasso no le oyó
A partir dese [*sic*] mal paso
dejó de ser responsable
y al volverse suicidable
José... se autorretrató

(...)

---

48. Son unos poemas jocosos, de gran popularidad y tradición en México, sobre la "muerte" ficticia de personajes célebres, que se componen —y se publican— en torno a los días 1 y 2 de noviembre, fiesta de los difuntos.

29

JOCO

Aquí yace y no lo duda
nadie que tenga criterio
un poeta jocoserio.
Se llamó Pablo Neruda

(...)

VENGANZA

Murió Margarita Nelken
con el cerebrito exhausto.
Por describirnos a Goethe
se ha vengado Fausto.

Política en el exilio

Margarita Nelken conservó vivas sus inquietudes políticas en el exilio. Particularmente sentía preocupación por la situación de España y de los republicanos, presos en las cárceles de Franco o exiliados. Ayudó a muchos de éstos a establecerse en México. Fue presidenta del Comité de Ayuda a los Presos Políticos Españoles. Por varias cartas de su archivo hay noticia de que el 17 de setiembre de 1941 envían paquetes a los presos en las cárceles españolas. Colabora también con la Asociación de Militares Profesionales Republicanos Españoles, con el Comité de Mujeres Antifascistas, etc., participando en los distintos actos celebrados en conmemoración de las fechas señaladas de la República y la guerra españolas, actos a los que asistía en calidad de diputado de las Cortes españolas.

Por otra parte, Margarita mantiene una rica relación epistolar con exiliados españoles residentes en Francia, Bélgica, Unión Soviética y países de Hispanoamérica. Destacan las cartas de numerosos políticos que permiten observar las diversas posturas, divergencias y evolución ideológica de la España republicana en el exilio.[49] En este sentido, resalta la correspondencia con el socialista José del Barrio, del comité ejecutivo de "Acción Socialista", con sede en París; con su antiguo compañero —juntos abandonan el PSOE para ingresar en el PC, en 1937— Julio Álvarez del Vayo y con algunos miembros del Gobierno de la República en el exilio: Diego Martínez Barrio, presidente de la República Española en el destierro (epistolario entre 1945 y 1960); Félix Gordón Ordás, presidente del Consejo de Ministros, con sede en México (epistolario entre 1945 y 1960) y Julio Just, ministro de Acción en la Emigración. Mayor valor humano tiene la correspondencia entre nuestra autora y exiliados anónimos que descubren en sus cartas el perfil cotidiano, siempre amargo, del exilio, o de conocidos personajes de la cultura española, también en el exilio: José Bergamín y su hermano Rafael, o Pau Casals, con quien mantiene una entrañable relación por carta entre 1948 y 1954. Es común en estas cartas la añoranza por España, el deseo del regreso y la creencia de que "a Franco no le queda mucho". La misma Margarita insiste en esta idea. En una entrevista para *El País*, de México (mayo de 1943), lamenta la desunión de la izquierda española, considerando a Negrín, a quien dedica grandes elogios, como la única solución para el regreso a España, habla de la guerra de Europa y vaticina el cercano final de Franco:

> Franco no se podrá sostener, está en el poder exclusivamente por el terror. Y aquél le durará lo que éste. Muy poco.

---

49.   Pese al interés de este epistolario, no me ocupo ahora de su contenido. Remito al archivo personal de M. Nelken, en el Archivo Histórico Nacional de Madrid, y a mi estudio "El epistolario de Margarita Nelken. Una mirada interior al exilio", en *Actas* de *Sesenta años después. Congreso Internacional "La cultura del exilio"* (22-27 de noviembre de 1999), (en prensa).

Un día de éstos, tan malo para él como bueno para el mundo, se desplomará.

Le preocupa la guerra que en estos años asola Europa y, particularmente, la situación de los judíos. Ella que, "sin ser creyente, se siente judía",[50] reacciona contra el exterminio impuesto por Hitler, en el que murieron algunos miembros de su familia residentes en Francia y en Italia. Será este el motivo de encendidos artículos en la prensa mexicana. Tras la creación del Estado de Israel, Margarita colaboró con numerosas instituciones judías. En 1958, por el décimo aniversario de la fundación del Estado israelí, Margarita pide a los pintores y escultores más representativos del arte mexicano —como José Vela Zanetti, Carlos Mérida, Ignacio Asúnsolo, de éste un busto de su hija Magda (cartas en AHN, Leg. 3237)— que cada uno done una obra importante con lo que logra que el Museo Israel, de Jerusalén, tenga la colección más completa de arte contemporáneo mexicano, a excepción de las que se encuentran en el Museo de Arte Moderno de la Ciudad de México y la del Museo de Arte Contemporáneo de Monterrey.

Durante los primeros años de exilio, la postura política de Margarita Nelken está marcada por su fidelidad al socialismo soviético, con una confianza absoluta en la política estalinista,[51] y su expulsión del Partido Comunista Español, en octubre de 1942. Sobre este hecho hay distintas interpretaciones.

50. J.I. Garzón y J. de la Puerta, *Op. cit.,* p. 40.

51. A. Rodrigo, *Op. cit.,* p. 282, recoge un pasaje de Julián Gorkin, *Les comunistes espagnoles contre la Revolution espagnole,* París, Editions Pierr Belfond, 1978, pp. 196-197, núm. 2, donde presenta a M. Nelken como colaboradora de "los servicios secretos soviéticos, en particular con el general Leónidas y su querida Caridad Mercader, organizadores del asesinato de Trotski" y añade que Margarita dejó en Moscú, como rehén, a su hijo Santiago.

Gregorio Morán habla de Margarita Nelken con dureza. La califica de "elemento intrigante y enemigo" y añade que fue expulsada del PC de España por "sabotaje y descrédito de la política de Unión Nacional".[52] La propia escritora habla de este asunto en una entrevista para el periódico mexicano *Todo* (28-I-1943). A la pregunta sobre su alejamiento del PC, responde:

> Lo que Ud. llama alejamiento tiene un nombre muy claro: expulsión. Yo no me he alejado y sigo sintiendo y pensando exactamente lo mismo. Y el no poder hablar en nombre de un partido, no quiere decir que se tuerzan las rutas. Al fin y al cabo, las divergencias con unas cuantas personas nada tienen que ver con las ideas.

En 1943 publica el libro *Las torres del Kremlin*. Es un entusiasta elogio al Estado soviético y a su jefe, Stalin, a quien había conocido personalmente,[53] a la vez que ataca al partido trotskista.La publicación de esta obra significó un acto de afirmación ideológica para los exiliados españoles en México: se reunió un grupo de ellos para asistir a la lectura de algunos capítulos. Entre los asistentes, José Bergamín y Enrique Díez Canedo. Según información del periódico *Excelsior*, en la feria del libro de ese año, Margarita Nelken quedó en tercer lugar en el concurso "del autor que autografió [*sic*] mayor número de libros", con la firma de 126 ejemplares. El segundo lugar fue para Pablo Neruda: firmó 232 libros de *Nuevo canto a Stalingrado*.

52. G. Morán, *Memoria y grandeza del Partido Comunista de España, 1936-1975*, Barcelona, Planeta, 1986. Tomo este dato de J.I. Garzón y J. de la Puerta, *Op. cit.,* p. 39.
53. Así se afirma en una elogiosa crítica sobre el libro en el periódico mexicano *El Universal* (3-IV-1943).

Muerte de los hijos

Las relaciones con la Unión Soviética dieron un brusco giro a partir del acontecimiento más dramático en la vida de Margarita: la muerte de su hijo en el frente ruso. Santiago de Paúl Nelken murió en la aldea ucraniana de Mitrofanovka, el 5 de enero de 1944. No obstante, su muerte fue ocultada a su madre hasta el 11 de junio de 1945, fecha en que recibe un telegrama —en ruso, con la traducción castellana— a través de la Embajada de la URSS en México, comunicándole su muerte. En dicha Embajada —como me informa Dª Margarita Salas— se llevó a cabo una ceremonia para entregarle algunos objetos personales de Santiago: las condecoraciones de la Defensa de Odesa, la Defensa de Moscú y la Orden de la Guerra Patriótica de Primera Clase, las insignias de capitán de artillería, así como sus gafas y otros documentos. Este triste suceso y su ocultación durante año y medio por las autoridades soviéticas —y por los comunistas españoles, allí residentes— provoca un frío distanciamiento hacia la política soviética y hacia sus líderes.

Esta muerte marca a Margarita para siempre. Aquella mujer fuerte, dura en sus decisiones, que afronta con valentía críticas y situaciones difíciles, da paso a la madre que, como dice en tantas de sus cartas, enloquece de dolor por no haber sabido salvar a su hijo, ni evitarle los horrores de dos guerras, la española y la europea. Se recrimina, sintiéndose culpable, de que su hijo no hubiera tenido una adolescencia normal. A raíz de la muerte del hijo, surge otra Margarita Nelken. Indaga y obtiene noticias, de exiliados españoles y de las autoridades soviéticas, sobre la muerte y la tumba de su hijo. Precisamente, por respeto hacia ésta —y a pesar de su ruptura con la URSS y con los comunistas españoles allí establecidos— se niega a firmar una carta, en 1950, contra Rusia y a favor de Yugoslavia, porque "[..] la desgracia de mi hijo me tiene destrozada. Para mí todo gira en torno a ello. Y 'ello' es ya sólo aquel pedazo de tierra bajo el cual está. No quiero vean en mí una enemiga los que cuidan de su tumba. Quiero siquiera pensar que me la cuidan... Dirás que son sentimentalismos tontos, y sin duda dirás bien. Pero ¿qué quieres? Es algo a lo que no puedo sobreponerme. Por eso no firmo. Por eso no escribo sobre tan repugnante tema, ni sobre muchas otras cosas. Sólo por eso. Toda mi vida me reprocharé el no haber sabido salvar a mi hijo; no podría, además, el tener que reprocharme el haber cortado toda posibilidad de siquiera saber que su tumba está cuidada... o al menos el hacerme esa ilusión" (AHN, Leg. 3237-78).

La misma ternura se revela en un gesto que muestra la impotencia de esta mujer tan activa ante la evidencia de su drama: en febrero de 1946 escribe una larga carta —se conserva la copia— al director de la Escuela 16, de Moscú, en la que había estudiado su hijo en el curso 1935/1936 —año en que Margarita, junto a sus hijos, vive exiliada en Moscú —, contándole la gesta y el final trágico de Santiago y proponiéndole la institución de un premio, que llevaría el nombre de su hijo, para el mejor alumno de cada año. Hay patetismo en sus palabras: "He pensado que quizá a usted y demás profesores, les pareciera oportuno, a modo de ejemplo para los jóvenes que hoy se forman ahí, presentarles la figura de un joven español que, en el mismo lugar en que ellos actualmente estudian, aprendió a querer al pueblo soviético, hasta el punto de, más tarde, dar su vida luchando por su independencia, [...] sería para mí una satisfacción que la memoria de mi hijo perdurara entre los que son, a través del tiempo, sus camaradas de escuela en su amado Moscú. [...] Para ello podría instituirse un premio anual que se concedería al alumno de 14 años (la edad que tenía mi hijo cuando estudiaba allí) que mejores calificaciones tuviera. Este premio podría consistir en un reloj de oro que yo le enviaría [...]

y que llevaría grabado, junto al nombre del alumno premiado, el de mi hijo y la fecha. También puedo, si usted lo desea, remitirle una fotografía de mi hijo para sus pequeños camaradas de clase".

Es este un perfil nuevo —y poco conocido— de la, antaño, combativa e inflexible luchadora. Su intimidad, su dolor, sus debilidades se ponen al descubierto con motivo de la muerte del hijo, sobre todo, en un largo y abundante epistolario —entre 1948 y 1967— con la persona que, tal vez, mejor la había conocido: Ricarda Bermejo, la que fue su criada en Madrid. En sus cartas, Margarita recrea el tiempo vivido en España y con ella comparte el recuerdo dolorido de Taguín —nombre familiar del hijo— en pasajes de angustiosa sinceridad: "De mí ¿qué quieres ya que te diga? Cuando se arrastra un dolor como el que yo arrastro, la vida es sólo obligación: porque me necesitan, porque son tres las que me tienen como único sostén, he de seguir adelante. Y te aseguro que buena falta me hace la voluntad para ello. Tú que eres madre, me comprenderás, y, puedes creerme: mientras tengas a tus hijos sanos y fuertes, nunca eches nada de menos, por dura que te parezca la vida. En teniéndoles a ellos, tienes lo más a que puede aspirar una mujer." (Carta de M. Nelken a Ricarda Bermejo [11-10-1948]. AHN, Leg.3234-29). "Yo trabajando como una burra: es el único modo de no volverme loca de pena. Cada quien se emborracha como puede". (*Ibídem*, [28-II-1949]. Leg.3234-31).

A finales de 1947, con pasaporte mexicano, nacionalidad que había obtenido ese mismo año, se traslada a París, junto a su familia, con intención de residir allí. Desde París sigue colaborando en la prensa mexicana como corresponsal de *Hoy* y articulista en *España Nueva* y *Las Españas* (revistas de los exiliados españoles). Interviene en reuniones internacionales políticas y culturales y da conferencias sobre arte mexicano por distintos países europeos (en Roma, Bruselas,

Amsterdam, Groningen...), siendo —me informa Dª Margarita Salas— quien da a conocer en Europa los frescos de Bonampak, logrando que México tenga una filial de la Asociación Internacional de Críticos de Arte. Pese a su intención inicial de instalarse en París (su madre se traslada al pueblo del sur de Francia donde había nacido y su nieta asiste a un colegio parisino), Margarita y sus tres mujeres —madre, hija y nieta— regresan a México a finales de noviembre de 1948. En julio de ese mismo año, en carta a un amigo mexicano, ya le adelanta su intención de regresar, explicándole las razones —la vida está cara y ella no se siente segura— y pidiéndole ayuda: "Dirás que nuestro viaje a Europa, un pan como una... lo que ya sabes. Quizá digas incluso que estamos chifladas, y quizá, y esto es lo peor, tengas razón. Pero créeme: aunque París es siempre París, en punto a intensidad intelectual y artística, Europa es algo en verdad trágico... y demasiado incierto, en todos los aspectos. Y no es cosa de instalarse para, a lo peor, salir corriendo, que todo puede ser. Esto sin contar que, no siendo turista, la existencia de cada día es por demás pesada. No olvidéis, todos vosotros, y extensivo a cuantos amigos nos quieran bien, que llegaremos 'en el aire'. Es decir, que quien nos encuentre un piso no demasiado caro ni alejado, nos hará un favor rayano en obra de misericordia, (lo dicho: un pan como una...)". (carta de M. Nelken a un amigo, 17-VII-1948).

Tras el regreso de París, Margarita reanuda en México una intensa actividad en todos los campos. A finales de 1951, la Liga de Mutilados e Inválidos de la Guerra de España le pide ayuda, desde París, para paliar las dificultades de los exiliados españoles en Francia, muchos de ellos enfermos e imposibilitados. Margarita reacciona, recuperando su antiguo entusiasmo, y organiza la recaudación de fondos entre los españoles residentes en México, incluida la Embajada Española (de la República), a cuyo nombre se abre una

"Cuenta Especial Mutilados de Guerra" en el Banco Comercial de la Propiedad. La respuesta es generosa y, en diciembre de ese año, envían a la Liga la cantidad de mil novecientos dieciséis dólares. La Liga le agradece su gesto por ser la única respuesta de un repesentante oficial de la República Española. Al año siguiente el entusiasmo inicial parece decaer y sólo recaudan ciento treinta y ocho dólares[54] (AHN, Leg. 3238).

Aun con el doloroso recuerdo del hijo, su vida parecía haber recuperado la estabilidad. Como dice en una carta a su fiel Ricarda, en Navidad de 1953, "nosotras sin novedad: yo, escribiendo todo el día; Magda, en su puesto de secretaria en una embajada; la Cuqui, ya trabajando en una librería. Y mamá, aunque muy viejecita [...] por fortuna bastante bien" (Leg. 3234). Efectivamente, su nieta ya tiene 17 años y su hija, Magda, trabaja en la Embajada de Japón y está a punto de casarse con el compositor Lan Adomian, judío ucraniano emigrado a EEUU, que había formado parte de las Brigadas Internacionales en la guerra civil española. Margarita sintió un gran afecto por él, siempre estuvo al tanto de su música, y juntos trabajaron en la elaboración del *Himno de la República*, sobre el texto de Miguel Hernández, adaptado por Margarita, con música de Adomian, que sería estrenado el 13 de abril de 1957 en la Embajada de España en México, en conmemoración del XXVI aniversario de la proclamación de la República Española.

Cuando el horizonte parecía empezar a despejarse, Margarita Nelken recibe un nuevo y definitivo golpe. En enero

54. En el archivo de la autora se conserva el epistolario que genera este asunto, incluidas las listas de donantes —entre ellos, Max Aub—, la mayoría de los cuales deseaba el anonimato. También se conserva la relación de los 352 españoles exiliados en Francia, beneficiados por esas ayudas.

de 1954, a su hija se le manifiestan los primeros síntomas de un cáncer de matriz, por el que, "tras cinco meses de infierno", moriría el 23 de junio, a los 39 años. El estado en que queda nuestra escritora se puede comprobar en el mensaje lacónico, en letra manuscrita casi plana y desvaída —ella solía escribir a máquina— a Ricarda Bermejo: "El 23 de junio se nos fue Magda. Tenía cáncer y sufrió desde enero. Como ves no me he vuelto loca de pena, aunque parezca mentira. Margarita". En febrero de 1955 le escribe una carta más detallada, también a mano, en caligrafía difícil. Da rienda suelta a sus sentimientos, rebelándose contra su destino: "A veces, me parece que va a entrar. A veces me suelto a llamarla por toda la casa. Y me muero de envidia al ver a madres con sus hijos. ¿Por qué no habré podido tener los míos que eran toda mi vida? [...] Trabajo mucho: si no, no resistiría a la tentación de acabar de una vez" (AHN, Leg. 3234-56).

Una heroica figura de negro. Sus últimos años

A partir de la muerte de su hija, dos sentimientos mueven el espíritu de Margarita Nelken: el dolor por sus hijos y la añoranza y preocupación por España. En 1956 escribe *Elegía para Magda*, un largo diálogo poético, al que puso música Lan Adomian, donde vuelca su dolor de madre. Es, a la vez, un homenaje literario a los dos hijos muertos. Su publicación tuvo gran resonancia en la prensa mexicana y Margarita recibió abundantes muestras de afecto. *Elegía para Magda* no sería el último homenaje a sus hijos: en los últimos años de su vida firmará algunos artículos en el periódico *Excelsior* con el seudónimo *Magda Santiago*,[55] en el

55. En 1942 usó el pseudónimo "Emilia Elías" para recibir telegramas durante la guerra europea (se conserva un telegrama en inglés, del

que fácilmente se adivina la unión del nombre de sus dos hijos. Es este un gesto más de ternura de esta mujer que, como la "Madre Coraje" brechtiana, fue perdiendo a sus hijos en los diferentes frentes de la vida. La identificación con el personaje de Brecht no es literaria ni gratuita. En 1954 había iniciado la versión al castellano de esta obra, con el título *Ana la Valor*, que termina, en 1955, tras la muerte de su hija, a quien se la ofrece con esta sentida dedicatoria: "Presente en cada párrafo de esta traducción, empezada con su ayuda y terminada como si ésta siguiera".

Margarita Nelken es ya una persona agotada moralmente. Ella es consciente, también, de su progresiva decadencia física. Ya antes de morir su hija, se autorretrata en una carta a Ricarda, en 1951, con el detallismo y la ironía de la que fue pintora y escritora: "Mi hija y la nieta me dicen que me parezco a Manolete, por el mechón blanco que me ha salido justo delante. Aparte de esto, tengo mucho pelo blanco y no me conocerías. Ya no me quito nunca las gafas, ni me pinto siquiera los labios y voy siempre de negro". Desde su adolescencia sufrió de la vista. La afección fue aumentando con los años. En 1943, en las reseñas periodísticas de *Las torres del Kremlin* y de *Historia del hombre...* se destaca su miopía: "Su figura delgada y flexible, sus claros ojos miopes aguzándose inquisitivos a través de los impertinentes [...]" (*Hoy*, 14-VIII-1943); "Margarita escribe pegando mucho los ojos a las cuartillas; así se lo exige su miopía" (*Ibídem*, 21-XII-1943). En 1958 es operada de la vista. Queda durante

---

28-II-1942). En el periódico *Hoy* (1950-51) firma como "El de la esquina" en la sección "De miércoles a miércoles". En la mayoría de las cartas a Ricarda firma como "María". Me informa D.ª Margarita Salas de Paúl que el motivo de este seudónimo era evitar los problemas que, en los más duros años franquistas, podría tener Ricarda Bermejo por su fiel relación con Margarita Nelken.

mucho tiempo casi ciega. En enero de ese mismo año muere su madre y se lamenta de no haber podido verla morir: "para mí fue terrible, pues cuando se nos fue estaba casi ciega e inclinada sobre ella, sin poderla ver" (carta a Ricarda). En 1961 vuelven a operarla. Escribe a Ricarda: "Escribo casi sin ver: la semana próxima me operan de la vista" (16-VI-1961).

En 1962 muere su marido, Martín de Paúl. Cuenta a su fiel Ricarda: "Falleció mi marido y me avisaron cuando ya estaba inconsciente, y después de veinte años de separación total, y de no haberle visto en ninguna de mis tragedias, yo tuve que hacer frente a todo, pues no iba a dejar que se lo llevaran como a un perro. Él lo había perdido todo; a la hora de la verdad no aparecieron ninguna de las personas en que él confiaba y allí me encontré al pie de la tumba, mientras le daban tierra, sola con mis nietos, pues no quise avisar a nadie" (Leg. 3234-67).

Margarita pasa los últimos años de su vida acompañada de sus nietos y biznietos. En 1955, su nieta Margarita —Cuqui— se había casado con José Ramón de Rivas Ibáñez, hijo mayor del famoso director de teatro Cipriano Rivas Cherif. El matrimonio, que vivía en un piso del mismo edificio que Margarita (calle Lerma, 94), tuvo cuatro hijos, entre 1956 y 1965: José Ramón, Magda, Santiago y Ana. Estos niños fueron la última ilusión de la escritora: "son un rayito de sol", "lo único que me retiene a la vida", escribe a Ricarda.

Ni los años del exilio, ni los dramas vividos, ni sus enfermedades pudieron debilitar el recuerdo de España. En 1962, cuando Margarita tiene 68 años y hace 23 que salió de España, recupera su energía dialéctica contra la política de Franco. En una conferencia, en el Ateneo Español, lo llama "lacayo de Hitler", pide a EEUU que retire sus bases de España y crea el Comité Español de Solidaridad con los Huelguistas de España, en favor de los mineros españoles en

huelga.[56] Cree todavía en una revolución en España y res-
ponsabiliza a Franco de una próxima guerra civil en el país
(AHN, Leg. 3261-164). En 1963, la muerte de Julián Gri-
mau motiva un encendido artículo de Margarita, titulado
"¡El crimen!", en la revista *Ayuda. Boletín del Comité de
Ayuda a los Presos Políticos de España* (núm.1, México, 15-
V-1963). En 1965 es vicepresidenta del Comité de Ayuda al
Pueblo Español, siendo presidente el poeta León Felipe. Y
sólo unos meses antes de su muerte, en 1967, escribe una
carta al ex-dirigente socialista Enrique Líster, en la que le
hace duras recriminaciones, que podría considerarse como
el testamento político de Margarita Nelken (AHN, Leg.
3238-65).

Pero España representa para nuestra escritora algo más.
Hasta el final de su vida, y sobre todo en sus últimos años,
cuando ya le faltaban tantos afectos, Margarita, a través de
sus confidencias a Ricarda, manifiesta una fuerte añoranza
por España, por Madrid y por el tiempo que allí había dejado. Su antigua criada fue el lazo que mantuvo vivo ese recuerdo y quien le ofrece una imagen de la España actual.
Esta mujer, con sencillez entrañable y a través de veinte años
de correspondencia regular, no sólo le va recordando el pasado, sino que le da cuenta de su vida, de la gente que la
diputada conoció e, incluso, en los años cincuenta, le man-
da, por Navidad, una participación de dos pesetas de lotería,
que Margarita recibe con emoción. Fue la voz de España en
la distancia. Y a ella Margarita le confía su nostalgia. En sus
cartas abundan frases como "¡Qué no daría yo por abrazaros
a todos y charlar mucho con vosotros todos!" (9-XII-1952);

---

56. Aparecieron reseñas de la conferencia en *La Prensa, El Universal
y El Excelsior* (14-VI-1962). El citado Comité celebró una conferencia de
prensa recogida en *España Popular* (15-VI-1962), periódico mexicano
antifranquista.

"Dime de Flora, de Rosario, de todos los que se acuerden de mí" (23-XI-1966). Pero, a pesar de su nostalgia, Margarita es consciente de que nunca regresará a España. En 1965 escribe: "Aquí los refugiados, muy optimistas. Jiménez de Asúa se me despidió días atrás dándome para pronto cita en Madrid... Claro que yo no volveré ¿Qué me haría sin hijos, ni marido, ni nada más que mis penas y mi vejez?" (carta a Ricarda, 6-III-1965).

En los últimos años, Margarita Nelken vive presa de un cáncer del que es operada en 1964. Una angina de pecho, sufrida en 1966, limitó su actividad, aunque ella siguió trabajando hasta el final. Murió el l9 de marzo de 1968, a las 6,30 horas de la mañana, a los 73 años. Toda la prensa mexicana se hizo eco de su muerte con amplias crónicas y numerosas esquelas de diversas instituciones. En España se dio la noticia, breve, por la prensa, la radio y la televisión. Por su capilla ardiente, como dice *La Prensa,* "desfilaron personalidades de los círculos intelectuales, artísticos y españoles de esta ciudad" (se conservan dos libros de firmas). El mismo periódico mexicano dice: "El sepelio fue breve, sin oraciones fúnebres". Por su parte, el *Excelsior* (11-III-1968) señala que en el sepelio hablaron sentidamente y con grandes elogios a la finada representantes de la Unión de Mujeres Españolas, del Comité de Ayuda a los Presos Españoles, del Ateneo Español, antiguos diputados de las Cortes españolas y destacados políticos e intelectuales mexicanos que resaltaron, con grandes elogios para la finada, su labor y su lucha continuada por la libertad y la dignidad.[57] El féretro fue cubierto con la bandera de la España Republicana. Fue enterrada, junto a su hija, en el Panteón Jardín. Al día siguiente, *El Nacional*, como toda la prensa, da amplia información del

57. Debo a D.ª Margarita Salas de Paúl esta información del periódico *Excelsior.*

acto y termina diciendo: "Poco antes de que bajara a la tumba el ataúd, dentro del mismo fue esparcida tierra del jardín El Retiro de Madrid" (11-III-1968).

Un año después, el 10 de marzo de 1969, se celebra un homenaje en su honor, en el Instituto Nacional de Bellas Artes. Asisten, además de sus amigos, representantes de todas las instituciones culturales y gran número de artistas plásticos con los que Margarita Nelken tenía estrecha relación por su trabajo como crítica de arte. Entre los discursos que se pronunciaron, las palabras de una de las asistentes, Guadalupe Amor, definen bien a la última Margarita Nelken:

> Margarita Nelken tenía tal pasión y tal fiereza que pienso que no ha muerto. Me parece que la Nelken pasea aún por las galerías de México su heroica figura negra (AHN, Leg. 3262-130).

OBRA DE MARGARITA NELKEN

Periodismo

Desde fecha muy temprana, colabora habitualmente en la prensa, en revistas culturales y de información general, sobre temas de arte, literatura y la mujer. Ya en 1916 tiene en *El día*, la sección "Presente y porvenir de la mujer española". Entre 1918 y 1920, en *El Fígaro*. En los años veinte, en *La Ilustración Española y Americana* y en *Los Lunes de El Imparcial*. Igualmente, hasta 1931, su firma aparece en *Blanco y Negro*, con artículos de arte y en las secciones "La mujer y la casa" y "La vida y nosotras". Por este tiempo, colabora también en *La Esfera* y en *Nuevo Mundo*. Entre 1928 y 1937 escribe en *Estampa*. Entre el 31 de enero y el 1 de mayo de 1937 sus colaboraciones en este semanario tratan exclusivamente sobre la guerra, exaltando los valores del ejército republicano, criticando a las tropas franquistas y comentando episodios ejemplares de la resistencia ciudadana. Desde la proclamación de la República escribe un artículo diario en *El Socialista*, que, una vez elegida diputada, tituló "Desde mi escaño". También, en *Claridad*, órgano de los seguidores de Largo Caballero, y durante la guerra, en *Hora de España, Ayuda* y *Mundo Obrero*.

Tras el exilio y hasta su muerte, Margarita Nelken colabora en los principales periódicos y revistas culturales de México: *Todo, El siglo de Torreón, El Dictamen, El Liberal Progresista, Hemisferio, El Nacional, Hoy, Relator, Revista Internacional y Diplomática, El tiempo, El Occidental, Hora de Hoy, El Mundo, Excelsior, Tribuna Israelita,* etc. Fue también colaboradora regular de *El Nacional*, de Caracas, *Cuadernos Americanos, Arts, y Prisme des Arts*, de París, etc. La mayoría de sus colaboraciones son críticas de literatura y de arte, por los que alcanza un gran prestigio en los medios culturales mexicanos. También escribe crónicas de información general, donde Margarita muestra su habilidad como comentarista de la vida social con su habitual ingenio e ironía. En este sentido destaca la sección "De miércoles a miércoles" que, semanalmente, y bajo el seudónimo "El de la esquina", publica en el diario *Hoy,* en 1950 y 1951. Colabora también en las publicaciones de los exiliados españoles en México: *España Nueva, Las Españas, Ayuda. Boletín del Comité de Ayuda a los Presos Políticos de España.*

Ensayo

a) *Temas de arte.* En 1911 se había iniciado en la crítica de arte con el artículo "Los frescos de Goya", en la revista inglesa *The Studio*, y "El espíritu del Greco", en el *Mercure de France*. Hasta 1939 escribe en varias revistas españolas:

45

*Arte Español, Museum y Revista de la Sociedad de Amigos
del Arte*; también, en revistas extranjeras: *L'Art Decoratif,
L'Art et les Artistes* y *La Gazette des Beaux Arts* de Francia;
Vita d'Arte, de Italia; y, alternando temas de arte y de literatura, en *Uber Lan und Meer*, de Alemania, y *Gotegors Han-
delstindning*, de Suecia.[58] En España publicó también dos
libros de arte: *Glosario (Obras y artistas)* (1917), sobre diversos artistas de su época y *Tres tipos de vírgenes* (1929),
que recoge tres conferencias pronunciadas por la autora en
el Museo del Prado, acerca de tres modelos de vírgenes: la
de Fray Angélico, la de Rafael y la de Alonso Cano.

Tras el exilio, Margarita Nelken se convirtió en una de las
más respetadas comentaristas de arte en México. En uno de
los discursos pronunciados en el homenaje que se le rindió al
año de su muerte se destacó su trabajo en este campo: "Margarita Nelken realizó una gran labor en México. No sólo es-
tableció la crítica de arte periodística diaria, sino que la hizo
indispensable. Prueba de ello es que todos los periódicos de
México en la actualidad publican columnas de arte". Y antes, en una crítica a su libro *Ignacio Asúnsolo*, en *Tiempo* (10-
IX-1962), se dice: "Margarita Nelken tiene el raro don de
hacer grata la crítica de arte". En México publicó también los
siguientes libros*: Escultura mexicana contemporánea*
(1951), *Pintores mexicanos* (1951), *Historia gráfica del arte occidental* (1955), *Raúl Anguiano por Margarita Nelken*
(1958), *Carlos Orozco Romero* (1959), *Nuevos aspectos de
la plástica mexicana* (1961), *Carlos Mérida* (1961), *Ignacio
Asúnsolo* (1962), *El diseño, la composición y la integración
plástica de Carlos Mérida* (1963), *El expresionismo mexicano* (1964) y el ensayo *Los judíos en la cultura hispánica*.

---

58. Tomo estos datos del artículo de Juan Balbuena, "Margarita Nelken*", Gaceta* (México, 15-II-1951) y de manifestaciones de la propia
autora.

b) *Temas sociales*. En 1921 publica *La condición social de la mujer en España*, que levantó una fuerte polémica, cuyos ecos, como ya se ha comentado, llegaron al Congreso. El origen del libro fueron dos conferencias de la autora: una, en el Ateneo de Madrid (21-XII-1918) y otra, en la Casa del Pueblo, también de Madrid (2-I-1919). Margarita Nelken se suma con este libro a la larga cadena de voces —femeninas y algunas masculinas— que claman por una reflexión sobre los derechos y la situación de la mujer. Es una obra clave en la producción de la autora: expone los problemas referidos a la mujer que la van a preocupar tanto en su actividad política como en su creación literaria. Denuncia la ineficacia del feminismo español: "la lucha feminista, el feminismo latente que se iba preparando en la sombra el día de su victoria, eso no lo hemos tenido" (p. 33)[59] y considera que sólo es posible un feminismo eficaz en el seno de una revolución social, donde las reivindicaciones feministas son imprescindibles. A la vez, deja claro el tipo de feminismo que rechaza y qué modelo de mujer desea: "El tipo de feminista de pelo corto, voz aguardentosa y andares de marimacho ha desaparecido para dejar lugar a la mujer fuerte que, en medio mundo, acaba de revelarse como verdadera compañera del hombre" (p. 148).

Esta idea de la mujer, compañera del hombre, vertebra su doctrina y aparece cuando denuncia la indefensión de la mujer de clase media y la inutilidad de la educación que recibe, lo que la convierte en una carga para el hombre del que tiene forzosamente que depender. Reclama la *esposa-compañera* y denuncia la actitud de la mujer burguesa en el matrimonio:

59. Cito por la edición de Madrid, CVS, 1975, con introducción de M.ª Aurelia Capmany. Remito también al amplio comentario sobre esta obra de Mary Nash, *Mujer y movimiento obrero en España, 1931-1939,* Barcelona, Fontamara, 1981, pp. 137-153.

"Aquí el hombre que llega lo consigue, no como en otros países, con la moral de su mujer, sino a pesar de su mujer, a pesar de la atmósfera de que ésta le rodea".

Por otra parte, defiende la capacidad de la mujer española para alcanzar su modernización y denuncia su situación en distintos grupos sociales. Exige que las universitarias obtengan un trabajo tras licenciarse y pone especial énfasis en denunciar el estado de las empleadas y las obreras. A las primeras las considera indignamente explotadas en sus puestos de trabajo y olvidadas por las reivindicaciones feministas y laborales. Dice:

> Y no se les ocurre jamás, o no se atreven jamás, como a veces las obreras, a iniciar una acción común. Empleadas españolas: mecanógrafas, tenedoras de libros, cajeras, dependientas, todas vosotras; tan humildes en vuestro pobre traje de señoritas venidas a menos, tan anémicas y tan fieles y valientes, tan íntegras, sin siquiera el consuelo de los alegres noviazgos modisteriles, demasiado altas y demasiado empequeñecidas, sois la más pura y la más desconsoladora representación de la condición social de la mujer en España (p. 77).

Al problema de la mujer obrera dedica dos capítulos: exige igualdad de salarios con el hombre; jornadas de trabajo no superiores a diez horas; respeto de los días festivos; protección de la obrera embarazada o madre, para quien pide descanso de cuatro semanas tras el parto —con jornal pagado— y guarderías, tanto para hijos de mujeres casadas como solteras.[60] La modernidad del pensamiento de Margarita Nelken queda de manifiesto también en el tratamiento de la prostitución. Aspira a su erradicación y reclama la *prueba de paternidad*, que evitaría que muchas jóvenes cayesen en ese mundo.

60. Recuérdese que en 1919 había fundado con este fin "La Casa de los Niños".

El tema de la mujer se completa con una serie de ensayos sobre psicología femenina, *En torno a nosotras* (1927), y el libro titulado *La mujer* (1932), selección de textos del científico Santiago Ramón y Cajal, en general de contenido misógino, recopilados por Margarita Nelken, con un prólogo de la misma y una "Advertencia inicial" del Nobel español. De tema social es también una serie de folletos sobre la atención al niño: *Niños de hoy. Hombres de mañana* (1927), *Maternología y Puericultura* (s.f.) y *Nociones de pedagogía. Cómo debemos educar a nuestros hijos* (Toulouse, 1949).

c) *Temas políticos.* Además de sus colaboraciones periodísticas sobre temas políticos, antes del exilio publica dos libros que recogen testimonios de su actividad política: *Las mujeres ante las Cortes Contituyentes* (s.f.) y *Por qué hicimos la revolución* (1936), sobre los incidentes de octubre del 34 en Asturias. En México, uno de sus grandes éxitos fue *Las torres del Kremlin* (1943), aparecido en el momento de su mayor identificación con la política de Stalin.[61]

d) *Temas literarios y culturales.* Publica, entre 1927 y 1930, cuatro libros de carácter biográfico. El primero es *Johan Wolfgang Goethe* (s.f.), que volverá a publicar en México, en edición revisada, como *Historia del hombre que tuvo el mundo en la mano. Johan Wolfgang Goethe* (1943). Luego publica *Las escritoras españolas* (1930), que es una gran aportación a este tema en un momento en que la presencia de la mujer en la literatura no tenía el interés actual. Con visión amplia e histórica, hace un seguimiento de las escritoras españolas desde la época romana, trata de las juglaresas y otras autoras medievales (cristianas, moras y judías), las místicas, eruditas y otras creadoras de los Siglos de Oro, de las ilustradas, las románticas, para terminar en las

61. Véase una amplia reseña sobre el contenido y repercusión de esta obra en el periódico mexicano *El Universal* (3-IV-1943).

grandes figuras femeninas del siglo XIX: Gertrudis Gómez de Avellaneda, Fernán Caballero y Emilia Pardo Bazán. Este libro tuvo gran éxito y se siguió utilizando en la España de posguerra, como demuestra una carta de la casa central de Editorial Labor, en 1950, en la que explican a Margarita Nelken —ante la reclamación de ésta— que no han publicado una segunda edición de *Las escritoras españolas*, sino que, ante la demanda de estudiosos y universitarios y bajo la censura franquista, se vieron obligados a publicar la obra cambiando la portada y suprimiendo el nombre de la autora. Aun así, poco después fue prohibida la circulación del libro.

Ya en México, publica *Presencias, evocaciones* (1947), sobre personajes ilustres de la cultura europea y española: pintores, músicos, filósofos y escritores. De los españoles, Pérez Galdós (le dedica grandes elogios), Unamuno (lamenta el descrédito en que ha caído en la posguerra franquista), García Lorca y Manuel Machado al que dedica el capítulo "El trágico destino de Manuel Machado", donde se duele del destino de un buen poeta por su falta de energía en rebelarse.

Traducciones

El dominio de varios idiomas hizo de la traducción uno de sus medios de vida desde la juventud de la autora. Serán siempre traducciones de libros de arte y de literatura. Traduce al español obras del francés (Fromentin, Brousson, Faure —los cinco tomos de la *Historia del Arte*— y Gustave Cohen de quien se conservan algunas cartas sobre las condiciones de la traducción de *La vida literaria en la Edad Media*). Traduce también del inglés (Wilde) y del alemán (Riess, Birt y Brecht). También traduce del español al francés —idioma que consideraba su segunda lengua— obras de Baroja y de otros escritores. De sus traducciones destaca la versión de *Mère*

Courage, de Bertolt Brecht, en 1955, con el título *Ana la Valor*. Una carta del autor, en tono muy amistoso, revela las condiciones que pone para su publicación en español.

Creación literaria

Ésta es, de todas las actividades de Margarita Nelken, la menos recordada hoy. Durante su etapa española escribe, sobre todo, narrativa: varios cuentos y novelas breves, que publica en los más prestigiosos periódicos, revistas y colecciones de novela corta y una novela extensa, *La trampa del arenal*. Se tiene noticia de que escribió poesía durante la guerra civil y, en México, publicó dos libros de poemas: *Primer frente* (1944) y *Elegía para Magda* (1956). Hizo también dos tentativas teatrales: es autora, en colaboración con Eduardo Foertsch, de *Una aventura diplomática*, adaptación de la obra de Ludwig Bauer, estrenada en el teatro Muñoz Seca (21-XI-1931), y también escribió el drama social *Cuervos*, inédito, estrenado en julio de 1934, en la sala Capsir de Barcelona, tras una conferencia de la autora titulada "El teatro y la política", y repuesto en 1937.[62]

a) Obra poética

Las primeras muestras de la poesía de Margarita Nelken tienen tono heroico y están motivadas por los dos conflictos bélicos que vivió con tantas implicaciones personales: la guerra civil española y las hazañas del ejército ruso durante

62. Véase Pilar Nieva, *Autoras dramáticas españolas entre 1918 y 1936*, Madrid, CSIC, 1993, p. 348, y Juan Antonio Hormigón (ed.), *Autoras en la historia del teatro español (1500-1994)*, Madrid, Asociación de Directores de Escena de España, 1997, t. II, pp. 928-931.

la guerra europea, en la que luchó y murió su hijo. De su poesía sobre la guerra española hay noticias a través de la carta de su gran amiga Germaine Althoff, en 1962, donde le pide a Margarita algunos de sus poemas escritos durante la guerra, para añadirlos a una colección que estaba preparando sobre la poesía de la Generación del 27. En otra carta del mismo año le agradece el envío de tres poemas; incluso cita el título de uno, "El poeta asesinado"—referido a García Lorca—, fechado en 1938 y conservado en su archivo, junto a otro titulado "Soledad" (1934). Ninguno de los dos lleva firma. Dª Margarita Salas me confirma que tiene los originales y que fueron escritos por Margarita Nelken.

Muestras de su poesía hay también al final de su libro *Las torres del Kremlin* (1943), pero su libro poético más importante es *Primer frente* (1944). Fue presentado en la feria del libro de ese año y obtuvo elogiosas críticas en la prensa mexicana. Es un canto exaltado al pueblo y ejército ruso, en plena guerra mundial y en un momento de gran proximidad de Margarita a Stalin.

En 1956, tras la muerte de su hija, escribe *Elegía para Magda*,[63] un diálogo poético, de reminiscencias lorquianas, donde vuelca su dolor de madre un unos versos de hondo sentir. Un año después, sale a la luz la adaptación, hecha por Margarita Nelken, del *Himno de la República*, sobre texto de Miguel Hernández, con música de Lan Adomian.

b) Obra narrativa. Cuentos y novelas breves

Margarita Nelken publica relatos breves en periódicos, revistas y colecciones de novela corta. En el periódico

---

63. El texto está reproducido al final del artículo de J.I. Garzón y J. de la Puerta, *Op. cit.*, pp. 44-46.

Informaciones aparecen los cuentos *La exótica* (14-II-1922) y *El desliz* (27-II-1922). El primero se desarrolla en el estudio de un pintor, al que acuden varias muchachas como modelos. El segundo, sobre la simulación de una carta amorosa que una joven se dirige a sí misma —ante la falta de pretendientes— que la conducirá a un matrimonio no deseado. En *Los Lunes de El Imparcial* publica *El veneno* (23-IV-1923), un cuento extenso que luego aparecerá también en *Lecturas* (mayo, 1926). Trata de un joven pintor, malogrado por la vanidad personal ante el éxito temprano de su pintura. En *Hogar Moderno* (junio-julio de 1926) publica el cuento *Un acto de honradez.*[64]

Por otra parte, publica varias novelas en colecciones de novela breve de gran éxito en su época. *La aventura de Roma*[65] aparece en *La Novela de Hoy* (16-II-1923): muestra la relación de un joven pintor español, pensionado en Roma, y una norteamericana, mujer intelectual, moderna y liberada, que sabe aprovechar el atractivo ejercido sobre el protagonista para conseguir sus propósitos. En *La Novela Corta* publica cuatro relatos: *Una historia de adulterio* (24-V-1924), se localiza en Milán y volvemos a ver a un joven español, aspirante a triunfar en el *bel canto*, quien, basándose en un malentendido, cree ver un caso de adulterio en su grupo de amigos. Tiene un tono de comedia bufa de enredo, con final sorpresivo. En la misma colección aparece *Un suicidio* (27-XII-1924): otro joven, en este caso aspirante a escritor, es atropellado por el automóvil de un influyente aristócrata. El incidente aparece en la prensa como un intento de suicidio del joven y se presenta al noble como el responsable de su

---

64. Me facilita este dato D.ª Margarita Salas de Paúl. No hago comentario de este relato, pues todavía no he tenido acceso a él.

65. Texto reproducido y comentario en A. Ena, *Op. cit.,* pp. 39-42 y 260-310.

salvamento. La aceptación de este simulacro supone para el joven el triunfo y la riqueza. Enlaza este relato con la denuncia del caciquismo y la corrupción, temas que habían sido frecuentes en la literatura de contenido regeneracionista. También en *La Novela Corta* publica *Pitimini "etoile"* (30-VIII-1924): un joven pide a una cupletista, joven y de ínfima categoría, que le estrene unas canciones compuestas por él. Ensayan, invierte en el vestuario toda su fortuna y, cuando la artista triunfa, ésta lo abandona. Finalmente, en esta colección publica también *El viaje a París* (4-IV-1925): trata del viaje en tren a París de un maduro comerciante de tejidos, casado, que vive en un pueblo español. Le acompaña un joven, también comerciante del mismo pueblo. El viaje representa la realización del sueño, erótico, de toda su vida. En el tren puede vivir sus aspiraciones donjuanescas, pero el desenlace inesperado lo lleva al fracaso. Hay aquí una magistral muestra de humor e ironía. En *Los Contemporáneos* apareció *El milagro* (11-IX-1924): es el único relato rural de la autora. El cambio también afecta al protagonista y al mismo tema: una joven, aquejada de una grave enfermedad en los ojos, acude a una romería para pedir a la Virgen su curación. Allí decide que es más importante el amor de su novio —ausente, cumpliendo el sevicio militar—, por lo que ofrece sus ojos a cambio del regreso a su lado. Ella queda ciega, pero feliz. Al regreso del novio, ante su ceguera, la abandona. Es un drama rural bien conseguido, con acento anticlerical y fuerza descriptiva, destacando las escenas costumbristas de la romería por su riqueza cromática. Finalmente, en 1931, publica *El orden* en la colección *La Novela Roja.*[66] Dedicado a su hijo Santiago, es un relato de fondo autobiográfico. Durante la dictadura de Primo de Rivera, una periodista de

---

66. Reproducida por Gonzalo Santonja en *Las Novelas Rojas*, Madrid, Ed. de la Torre, 1994, pp. 339-360.

izquierdas viaja a Oviedo y a dos pueblos mineros para dar unas conferencias sobre temas sociales, en las que lanza duros ataques contra la derecha. Por dar primacía a las tesis sociales y políticas, se echa en falta la energía narrativa que muestra en sus otras obras.

LA TRAMPA DEL ARENAL

Publicada en el año 1923, es la única novela extensa de Margarita Nelken. Con ella muestra su capacidad para enfrentarse al relato extenso. Es la historia de la frustración de un joven a causa de la ambición de una mujer. Una vez más encontramos esta idea central —ya plasmada en *La condición social de la mujer en España*— de la indefensión del hombre en el matrimonio ante la mujer que, lejos de significar una ayuda, representa un obstáculo para la proyección social y personal del marido.

La acción principal recae sobre Luis, estudiante universitario en Madrid, primogénito de una familia de la alta burguesía rural —con vínculos hidalgos—, que es seducido por Salud, joven ambiciosa de gran belleza, que proyecta escapar, a través del matrimonio, del ambiente de pobreza y vulgaridad en el que vive junto a su madre, prendera de profesión y mujer de antecedentes poco honestos y gustos zafios y barriobajeros. Ante el disgusto de sus padres, que ven destruidas las esperanzas de futuro de Luis, éste se casa con Salud, ya embarazada. Tras unos meses de juvenil y exultante felicidad, la maternidad cambia el carácter de Salud, tornándola agria y desabrida, sólo preocupada por representar su condición de señora, su máximo anhelo. El distanciamiento surgido en el matrimonio se va convirtiendo en odio por parte de Luis, hombre de flaca voluntad, que culpa íntimamente a su mujer de sus frustraciones, de

55

impedirle llevar a cabo sus proyectos, conduciéndolo a una existencia gris y ordinaria. La aparición de Libertad, joven progresista, independiente e intelectual, incrementa esos sentimientos, a la vez que se convierte en su única esperanza. Una serie de incidentes, entre ellos, la marcha de Libertad, lleva al protagonista al reconocimiento de su fracaso y a la pérdida de su propia estima. Esta situación le recuerda la del hombre hundido irremediablemente en unos arenales, escena que figuraba en un grabado del despacho de su padre y que provocaba terrores nocturnos durante su infancia. Simbólicamente, éste será el mensaje de la novela reflejado ya en su título: *La trampa del arenal*.

Una novela madrileña

La acción se desarrolla en dos lugares: Madrid y Peñaluz, topónimo ficticio que designa a un pueblo del que no se ofrece ningún detalle para su posible identificación. Se establece así la oposición entre el espacio urbano y el espacio rural, destacando la carga negativa proyectada hacia la ciudad, frente al trato positivo del pueblo. Coincide en esto con algunos escritores decimonónicos —incluso del primer tercio del siglo XX— para quienes todo aquello que viene del campo queda destruido por la ciudad.[67] Peñaluz es el pueblo de Luis y aparece como el *locus amoenus*, tanto en el aspecto material como en el espiritual. Es recordado como "tierra zalamera y mimosa" (p. 98), donde está la finca de sus padres, "mitad casa solariega y mitad casa de labor" (p. 124), que contrasta con el estrecho piso que habita Luis en Madrid.

---

67. Sirva como ejemplo la actitud, sobre este asunto, de Pereda o la de los casticistas Ciro Bayo o el pintor-escritor José Gutiérrez Solana, al que unió una fuerte amistad con Margarita Nelken.

Muy significativo es el pasaje donde el protagonista compara ambos ambientes, escenarios de las distintas etapas de su vida:

> traíale el dolor punzante de una evocación desmenuzada en impalpables comparaciones: los cuartos amplios, penumbrosos, llenos de frescura y de silencio; la huerta solitaria rebosante de las sanas fragancias de las frutas, en donde se retiraba en sus largos accesos de estudio y de meditación [...]. El vasto comedor, de baldosas recién fregadas y persianas bajas, en que las comidas se deslizaban en gestos tranquilos, con largas pausas y alegría sin estrépito, cual baño de bienestar espiritual, y el piso reducido en donde ahora tenía que hacer prodigios de voluntad para serenarse: las habitaciones demasiado claras, en que siempre vibraba una voz agria o destemplada de mujer que ignoraba los beneficios del silencio y se mofaba de sus arrechuchos de lectura (p. 125).

Fuera de este valor referencial y evocador, utilizado para señalar el cambio provocado en la vida del protagonista por un matrimonio desafortunado, es Madrid el espacio que merece la atención de la autora y donde transcurre la mayor parte de la acción. Madrid no es sólo un escenario, sino que connota sociológicamente a los personajes y, en ocasiones, motiva una serie de escenas de carácter costumbrista. De esta manera, la ciudad queda demarcada en varias zonas, correspondientes a las distintas clases sociales que aparecen en la novela y con las que se relaciona el protagonista.

a) El Madrid del Rastro, popular y castizo, del que Salud, que vive en la calle Juanelo,[68] desea escapar.

68. La calle Juanelo discurre entre la plaza de Cascorro —comienzo y corazón del Rastro— y la, igualmente popular, calle de Mesón de Paredes.

b) El Madrid de Moncloa-Argüelles, al que se traslada el joven matrimonio para vivir "al final de la calle Princesa". Es el Madrid moderno de la pequeña burguesía, donde Salud ve cumplidos sus sueños de poder pasar un domingo de campo en los arbolados de la Moncloa o de lucirse por el paseo de Rosales como una señora "tocada con velo y sombrero".

c) El Madrid del barrio de Salamanca y del paseo de la Castellana, donde vive la alta burguesía. Es el Madrid perdido por Luis y puesto al alcance de Salud. Como pariente pobre —condición aceptada con halago por ella y humillación inaceptable por él— puede acceder a la casa de los tíos de su marido, "el suntuoso piso de Príncipe de Vergara en que los tíos recibían a lo más florido de la sociedad". El Hotel Palace, adonde Salud acude a merendar, invitada por su amiga Encarna, "protegida de un millonario". En la Castellana vive don Sabino, dueño de la oficina en la que Luis debe trabajar tras su matrimonio.

d) El Madrid del Ateneo. Es el Madrid cultural, recuperado para Luis por su relación con Libertad, que acude a estudiar y a leer a su biblioteca. Los paseos de ambos tienen como escenario las plazas de Cibeles y de Neptuno, Paseo del Prado y glorieta de Atocha.

e) El Madrid de la expansión dominguera: El parque del Retiro para las familias de la pequeña burguesía; las Ventas y San Fernando de Henares, con su viaje en tren, para las clases populares.

La trampa del arenal puede, así, definirse como una *novela madrileña*, aceptando la propuesta hecha por Rafael Cansinos-Asséns al hacer una clasificación de la novela de su tiempo: observa los diversos tratamientos de Madrid dentro de lo que él llama los *madrileñistas* y, entre otros, habla de aquellos escritores —Emiliano Ramírez Ángel, José Francés, Andrés González Blanco, etc.— que se fijan en "el Madrid moderno [...] el Madrid del ensanche y de la Gran Vía, el Madrid de los estudiantes y de las modistillas no nacidos en la corte (se refiere a los estudiantes), que se aman bajo las acacias de la Moncloa con ingenuidades provincianas; [...] Es ya el Madrid del Palace y del Ritz".[69] Más adelante, el mismo Cansinos-Asséns observa que los mismos autores, antes citados, cultivan también una "novela provinciana" —los llama "cantores de provincia"— localizada "en las ciudades pequeñas, en las capitales de provincia y hasta en nuestro Madrid mismo, tan provinciano todavía".[70]

Con este tipo de novela hay que vincular *La trampa del arenal*: una novela localizada en el Madrid actual, centrada en la pareja *estudiante provinciano-madrileña castiza*, y que, lejos de destacar el ambiente cosmopolita de la gran urbe, se fija en el tono provinciano de una sociedad que muestra las mismas limitaciones de una ciudad de provincias:

> Madrid, desierto, ofrecía en sus días de fiesta el sedante de su provincianismo (p. 109).

Sobre este esquema de novela, Margarita Nelken impone unas variantes que definen la originalidad de su obra. Los protagonistas responden a los tipos citados, *estudiante-madrileña castiza*. Él es un joven estudiante de "apenas veinte años", que un día se fija en la belleza de Salud y decide cortejarla. Ella pertenece al Madrid más profundo y popular, pero, en su deseo de escapar de sus orígenes, rechaza el trabajo en un taller de costura —al que, según el tópico literario, estaban

69. R. Cansinos-Asséns, *La nueva literatura*, II, Madrid, Páez, 1925, p. 165.
70. *Ibídem*, pp. 233-234.

destinadas las chicas de su clase— y colocarse en una tienda —una papelería— de un barrio elegante, cuya clientela le sirve de modelo en su afán por refinarse que posibilitará el hallazgo del novio adecuado para alcanzar el ascenso social anhelado. Se dice de ella en su presentación:

> Hace todavía pocos años, hubiera llevado, en invierno, el mantón de lana, y, en verano, el pañolón de flecos, y los piropos que habría escuchado hubieran encerrado todos una reminiscencia de majeza y garbosa chulería; ahora le faltaba tan sólo el sombrero para parecer una señorita (p. 86).

Y bajo una dura crítica contra la frivolidad masculina del señorito que juega con la ingenuidad de las muchachas de clase humilde, la autora muestra el cálculo cerebral de su "madrileña":

> No es que le disgustase, pero no entraba en sus planes el perder el tiempo con un mozalbete a quien le debían faltar tres o cuatro años de carrera hasta pensar en bodas, y que, después de ese tiempo, se casaría seguramente con la señorita fea y rica buscada por los papás, dejando a la incauta artesana sin novio y ya madura (p. 90).

Se produce, así, un cambio importante en ese tipo de *novela madrileña*: Salud, lejos de ser seducida, seduce a su estudiante y lo lleva al matrimonio. Es la versión del tema *estudiante-modistilla* desde una óptica crítica y femenina.

Estructura y técnicas narrativas. Lenguaje y estilo

La novela se divide en tres partes que descubren un esquema simétrico: la primera y la tercera tienen seis capítulos y la segunda, cinco, por lo que el capítulo tercero de esta segunda parte es el centro geométrico, estructural y semántico del relato. Se titula *Libertad* y da entrada a este personaje que será clave en la vida del protagonista, dividiendo su trayectoria en un antes y un después diferenciables.

La narración está en tercera persona a cargo de un narrador omnisciente que conoce todo de los personajes, introduciéndose en lo más íntimo de sus pensamientos, empleando, en ocasiones, un tono próximo a la psiconarración. Predominan los pasajes narrativos y descriptivos sobre los diálogos que suelen ser ágiles y expresivos. El tiempo no es lineal. El relato comienza en medio del conflicto que desencadena la historia, por lo que el narrador ha de ponernos en antecedentes de lo ocurrido. Hay a lo largo de la novela abundantes retrospecciones, que la autora maneja con habilidad, aportando agilidad a la narración. A esto contribuyen las frecuentes referencias al paso del tiempo, lo que permite deducir que el relato abarca unos cinco años.

En el lenguaje se adivina la condición de periodista de la autora: es directo, sencillo y sin excesivas pretensiones estilísticas. Se observa, no obstante, una preocupación por el uso de vocablos no comunes —*hediondez, gemebunda*, etc.—, a la vez que da entrada a numerosos extranjerismos, siempre en letra cursiva: *bock, confort, croupier*, etc. Los rasgos estilísticos más definidos de su estilo —junto con su vigorosa ironía— son de indudable procedencia plástica (recuérdese que Margarita Nelken fue pintora antes que escritora): minuciosidad descriptiva e importancia del color y la luz en juego frecuente con las sombras. Esta impresión pictórica se acentúa, cuando inmoviliza a un personaje o a toda una escena:

> La puerta de la terraza frontera se abrió, dejando vislumbrar un interior triste: dos mujeres de luto cosiendo junto a una mesa cubierta con un tapete obscuro, bajo la luz melancólica de una lámpara de pantalla opaca (pp. 210-211).

Personajes

La trampa del arenal es una novela de protagonista. Sobre el personaje central, Luis, vertebra toda la acción y en él inciden los otros personajes en unas relaciones radiales que lo muestran en su condición de hijo, hermano, marido, padre, etc. Luis es, además, el punto de enlace de las distintas clases sociales que la autora refleja en la novela, permitiéndole hacer una revisión crítica de todas ellas: la alta burguesía rural y urbana de la familia de Luis, la sufrida clase media, presa de las apariencias, adonde desemboca tras su matrimonio —aquí se incluyen a sus compañeros de trabajo—, el mundo popular, castizo, de donde procede su mujer y el proletariado intelectual, de ideas libertarias, representado por Libertad. En esta distribución, la autora se muestra benévola, aunque irónica, con la burguesía rural, no oculta su simpatía por la intelectual anarquista, pero es implacable con la burguesía —alta y baja— urbana. En esta crítica social, de tintes regeneracionistas, no perdona la falta de educación y el cerrilismo de las clases populares, envilecidas por su propia incultura (obsérvense en *La trampa...*, los magníficos cuadros costumbristas que muestran las formas de diversión de estas clases, cap. 1, 3ª parte, pp. 167-169).

Luis responde al personaje-tipo de protagonista más frecuente en la narrativa de Margarita Nelken: joven estudiante en una ciudad, procedente del medio rural, que vive a expensas de su familia, al que una mujer llevará al fracaso personal y profesional, como es este caso o, en otros relatos, sufrirá el engaño de ella. De entre todos los personajes, y a excepción del protagonista, tienen mayor relieve los femeninos que los masculinos. Destacan Salud y Libertad. Las dos presentan rasgos comunes, como su origen humilde —Salud viene de los barrios bajos castizos y Libertad, del proletariado anarquista— y su lucha por ascender en la vida. Los medios utilizados para ello marcan la diferencia entre ambas: Salud, a través de un matrimonio calculado; Libertad, por el trabajo personal y la cultura. Los nombres ya las definen. Salud tiene una belleza llamativa y representa lo físico y material, tanto en la seducción ejercida sobre Luis, como en las obligaciones exigidas tras su matrimonio. Cuando se ve instalada en su pequeño piso de la calle Princesa, y aunque en la intimidad mantiene los modos vulgares de su origen, se esforzará con entusiasmo en cumplir las normas externas impuestas por su condición de señora que le permite usar sombrero y velo y acompañarse en sus paseos de una niñera envuelta en almidonados delantales. Libertad es su contraimagen. Es el ideal de mujer que defiende la autora, reproducido en varias de sus narraciones. Es una mujer moderna, independiente, sincera y libre en su concepto del amor, la maternidad y el matrimonio, amante de la cultura, que se enfrenta a la vida con la sola ayuda de su trabajo. Insiste en marcar su aspecto de mujer sin prejuicios burgueses, que "no usa velo ni sombrero" y anda con "paso elástico de mujer no estorbada ni por corsé ni por tacones", pero que, no obstante, es capaz de emanar un atractivo sin artificios:

> una muchacha con tipo intermedio entre obrera y estudianta rusa, vestida muy modestamente, no fea, pero tampoco guapa; fresca, eso sí, con una carnación apetitosa de fruta madura y una cabellera corta y dorada que le daba cierto aire andrógino (p. 132).

Mujer, matrimonio y sociedad

En *La trampa del arenal*, como en el resto de su narrativa y como ya denuncia en *La condición social de la mujer en España*, Margarita Nelken responsabiliza a la mujer, particularmente a la mujer burguesa, de aceptar y defender el papel que la tradición le ha impuesto y de ser la responsable del fracaso del matrimonio, convirtiéndose en parásito de su marido. Culpa a esta mujer de la escasa calidad de vida de los hogares españoles, sin olvidar el descuido del aspecto de las esposas tras el matrimonio:

> Los pañales sucios, la perita de goma sobre la mesa del comedor, el llanto continuo de los cólicos que no se saben evitar, las criaditas zafias y respondonas... Y, por encima de todo, la dejadez de la madre, a quien las malas noches, el temor a estropear un traje nuevo y el atavismo del "ya ¿para qué?" llevan, poco a poco, insensible e irremediablemente, a convertirse dentro de casa en un ser sin edad, y hasta sin sexo, fuera de ciertos momentos cada vez más animales (pp. 107-108).

En una actitud que ha sido calificada de misógina, Margarita Nelken insiste en presentar al hombre como víctima de la dictadura impuesta por la mujer en el matrimonio. En este sentido, son muy expresivos aquellos cuadros costumbristas que recrean escenas familiares de la pequeña clase media, donde la autora carga las tintas sobre la mujer:

> Levantóse la familia de la mesa de al lado. El padre, siempre aburrido, esperó un rato a que su consorte, gruesa y antipática, se estirase la falda; luego, ella se colgó de su brazo con un gesto de amo que pone la mano sobre uno de sus bienes, y echaron a andar lentamente, inevitablemente juntos y separados, seguidos de varios chicos anémicos y maleducados, y de una criada zafia y desmelenada (pp. 116-117).

Este tratamiento de la mujer puede sorprender en una escritora de ideas avanzadas como Margarita Nelken, más aun, cuando, en ocasiones, defiende y mitifica al ama de casa tradicional, hogareña, que sirve de apoyo al esposo, un tipo de mujer opuesto al de la intelectual Libertad, su otro modelo. Dice de un personaje de la novela, aspirante a escritor:

> Tal vez estuviese ahora en Bilbao, en su casita de piso obscuro muy brillante, trabajando en alguna obra que habría de hacer de él una de las grandes figuras de su tiempo, mientras una mujer, lista y hacendosa, con esa inteligencia del bienestar casero que en el Norte vase acercando ya al verdadero *confort*, borrase ante sus pasos de hombre de estudio las pequeñas miserias de la vida (p. 128).

Demuestra este texto que el misoginismo, aparente, de la autora se dirige fundamentalmente contra la mujer de la burguesía, clase a la que responsabiliza del anquilosamiento de la sociedad española. Denuncia sus prejuicios, su hipocresía y la doble moral en la que vive, y critica a la mujer como guía espiritual y material que era de la familia. No obstante, lo que parece misoginismo deja de serlo cuando se descubre en Margarita Nelken un deseo didáctico de mostrar a esa misma mujer a la que critica como la primera víctima de su situación de indefensión en la sociedad. Como ya expone en *La condición social de la mujer en España* —y ya había sido denunciado por Concepción Arenal, Sofía Tartilán, Flora Tristán y otras muchas voces femeninas y, también, masculinas—, la mujer de las clases medias recibe una educación inservible para que desarrolle sus facultades intelectuales e inútil tanto para enseñarle a llevar con acierto una casa y una familia como para ayudarle a desempeñar un trabajo digno que le proporcione poder económico y le permita liberarse de la dependencia masculina y de las presiones sociales en las que la mujer de clase media vive atrapada.

En *La trampa del arenal* recrea esta situación de desamparo de la mujer burguesa en la madre y hermanas de Luis, quienes, al fallecimiento del padre, quedan en la ruina, pero rechazan, ofendidas, la propuesta, hecha por aquél, de obtener una preparación que les permita trabajar, aferrándose a la idea del matrimonio para mantener su pasada grandeza, cuando no para solucionar el simple sustento diario. La postura de la autora ante este problema queda explicada en un expresivo pasaje de *La condición social de la mujer en España:*

> Aquí resulta ridículo para muchos el trabajo de una mujer; pero a todo el mundo le parece natural la posición de una mujer dependiendo por completo del trabajo, no ya de un padre o de un marido, sino de un hermano, de un tío o de cualquier deudo masculino; [...] Y ¿cómo no ha de ser déspota, cómo no ha de sentirse agraviado el hombre que no se puede casar porque tiene que mantener a sus hermanas, o el hombre casado que ha de vivir miserablemente porque, además de los gastos de su hogar, ha de sufragar las necesidades de una hermana, de una tía, de una cuñada, jóvenes y robustas como él? De ahí también la desconsideración de un marido que sabe muy bien que, pase lo que pase, su mujer habrá de aguantar todas las humillaciones y todas las afrentas, ya que apartándose de su esposo no podría ni comer (*La condición social...*, p.52)

Compárese este texto con otro, muy próximo, de *La trampa del arenal*:

> Jardines era un hombre ya maduro, abrumado por una interminable parentela, de la cual era el único sostén: dos cuñadas, la suegra, unas hermanas y por la prolificencia [*sic*] de su mujer, que le obsequiaba invariablemente cada año con otro retoño (p. 140).

Revelan estos textos la coherencia de pensamiento de Margarita Nelken, en toda su obra, y siempre de acuerdo con su propia actitud ante la vida. Descubre, a la vez, que ese misoginismo del que tantas veces fue acusada, no es más que una muestra de su visión de futuro en su lucha por modernizar y mejorar a la sociedad en general y a la mujer en particular. En este sentido, hay que recordar que Margarita Nelken extiende su crítica a otros aspectos de la sociedad. Obsérvense, en *La trampa del arenal*, el ambiente de inoperancia que se respira en la oficina de Luis o el cerrilismo violento y la grosería de las clases populares en su excursión dominguera a San Fernando de Henares (pp. 163, 167-169). Cuando dice

> El hombre de estudio necesita medios. Eso de que el escritor ha de ser un bohemio enteco y comido de mugre, es una idea castellana, que proviene del mismo zurrón que los pícaros, el ascetismo, los hidalgos muertos de hambre y el paisaje sin árboles (p. 127).

está recogiendo los puntos más destacados de las denuncias regeneracionistas, reflejadas en las páginas de tantos de nuestros escritores en las primeras décadas del siglo XX.

ÁNGELA ENA BORDONADA

Nota a la presente edición

El presente texto de *La trampa del arenal* sigue el de la primera y única edición de la obra, publicada por la Librería de los Sucesores de Hernando de Madrid, en 1923. Atendiendo a las normas de esta colección, el texto ha sido respetado —manteniendo en todos los casos el criterio de la autora— y va acompañado de notas informativas y aclaratorias. Quiero reflejar aquí mi agradecimiento a todas aquellas personas que me han ayudado en el curso de este trabajo. En primer lugar, a Dª Margarita Salas de Paúl, viuda de Rivas —nieta de Margarita Nelken—, por las amables y valiosas observaciones y los datos que me ha ofrecido, que contribuyen a mejorar el trabajo realizado. A mi querida amiga y maestra Elena Catena, por la confianza que siempre me ha mostrado. A Antonio González Herranz, que me dio desinteresadamente información de mucho interés para esta edición. Al personal del Archivo Histórico Nacional y del Archivo de la Villa. También, por su eficacia y amabilidad, a todos los responsables de la Biblioteca de la Facultad de Filología de la Universidad Complutense; y a Mª Ángeles Langa, bibliotecaria del Instituto Ramón y Cajal. Mención especial hago de Marisa Mediavilla y Lola Robles, de la

Biblioteca de Mujeres, de Madrid, que me han facilitado textos y amistad. No quiero olvidar el apoyo informático que siempre he encontrado en Laura, Cristina, Javier y Jaime.

A.E.B.

Bibliografía

OBRAS DE MARGARITA NELKEN

ENSAYO

Temas de arte

Glosario (Obras y artistas), Madrid, Fernando Fe, 1917.
Tres tipos de vírgenes, Madrid, Cuadernos Literarios, 1929; México, Secretaría de Educación Pública, 1942.
Escultura mexicana contemporánea, México, Eds. Mexicanas, 1951.
Carlos Orozco Romero, México, UNAM, 1959.
Carlos Mérida, México, UNAM, 1961.
Ignacio Asúnsolo, México, UNAM, 1962.
El expresionismo en la plástica mexicana de hoy. México, Inba, 1964.
Un mundo etéreo: la pintura de Lucinda Urrusti, México, Secr. de Educación Pública, 1967.

Temas sociales

La condición social de la mujer en España, Barcelona, Minerva, 1921; Madrid, CVS, 1975.

Maternología y puericultura, Valencia, Generación Consciente, 1926.

En torno a nosotras, Madrid, Páez, 1927.

Niños de hoy, hombres de mañana, Madrid, SRI, 1927.

La mujer (selección de textos de Santiago Ramón y Cajal, con prólogo de M. Nelken), Madrid, Aguilar, 1932.

Temas políticos

La mujer ante las Cortes Constituyentes, Madrid, Castro, 1931.

La epopeya campesina, Madrid, Aldus, 1936.

Por qué hicimos la revolución, Madrid, Eds. Sociales Internacionales, 1936.

La mujer en la URSS y en la Constitución soviética, Valencia, AUS, 1938.

Las torres del Kremlin, México, Industrial Distribuidora, 1943.

Temas literarios y culturales

Johan Wolfgang von Goethe. Historia del hombre que tuvo el mundo en la mano, Madrid, Biblos, s.a.; México, Secr. de Educación Pública, 1943.

Las escritoras españolas, Barcelona, Labor, 1930.

Presencias y evocaciones, México, 1947.

Los judíos en la cultura hispánica, México, Tribuna Israelita, 1947.

Creación literaria

Poesía

Primer frente, México, Ángel Chapero, 1944.

Elegía para Magda, México, Alejandro Finisterre, 1959; reproducida en *Raíces, Revista judía de cultura,* 20, 1994, pp. 44-46.

Teatro

Una aventura diplomática, (en colaboración con Eduardo Foertsch), adaptación de Ludwig Bauer, estrenada el 21 de noviembre de 1931, en el teatro Muñoz Seca, de Madrid.
Cuervos, estrenada en julio de 1934 en la sala Capsir de Barcelona.

Narración

La exótica (cuento), en *Informaciones* (Madrid, 14-II-1922).
El desliz (cuento), en *Informaciones* (Madrid, 27-II-1922).
La aventura de Roma (novela corta), en *La Novela de Hoy* (Madrid, 16-II-1923); en *Novelas breves de escritoras españolas (1900-1936),* ed. de Ángela Ena Bordonada, Madrid, Castalia-Instituto de la Mujer, 1990, pp. 262-310.
El veneno (cuento), en *Los Lunes de El Imparcial* (Madrid, 23-IV-1923) y en *Lecturas* (Madrid, mayo, 1926).
La trampa del arenal (novela), Madrid, Sucesores de Hernando, 1923.
Una historia de adulterio (novela corta), en *La Novela Corta* (Madrid, 24-V-1924).
Pitimini "etoile" (novela corta), en *La Novela Corta* (30-VIII-1924).
El milagro (novela corta), en *Los Contemporáneos* (Madrid, 11-XI-1924).
Un suicidio (novela corta), en *La Novela Corta* (27-XII, 1924).
El viaje a París (novela corta), en *La Novela Corta* (4-IV-1925).
Un acto de honradez (cuento), en *Hogar Moderno*, 1926.
El orden (novela corta), en *La Novela Roja* (1931); Gonzalo Santonja (ed.), *Las novelas rojas*, Madrid, Ediciones de la Torre, 1994, pp. 339-360.

Estudios sobre Margarita Nelken

Capmany, M.ª Aurelia: "Un libro polémico sin polémica", prólogo a Margarita Nelken, *La condición social de la mujer en España*, Madrid, Ediciones CVS, 1975.

Ena Bordonada, Ángela: Introducción a *Novelas breves de escritoras españolas. 1900-1936,* Madrid, Castalia, 1990.

——, "Margarita Nelken, una mujer en el exilio", en Rocío Oviedo (ed.), *México en la encrucijada,* Universidad Complutense de Madrid, 2000, pp. 277-284.

——, "El epistolario de Margarita Nelken: una mirada interior del exilio", en *Actas* de *Sesenta años después. Congreso Internacional "La cultura del exilio"* (22-27 de noviembre de 1999), (en prensa).

Falcón, Lidia y Elvira Siurana: *Mujeres escritoras. Catálogo de escritoras españolas en lengua castellana (1860-1992)*, Madrid, Dirección General de la Mujer, 1992, pp. 208-210.

García Méndez, Esperanza: *La actuación de la mujer en las Cortes de la Segunda República,* Madrid, Almena, 1979, pp. 37-39.

Garzón, Jacobo Israel: "Una mujer excepcional: Margarita Nelken", *Raíces. Revista judía de cultura*, 20, otoño 94, p. 31.

Garzón, Jacobo Israel y Javier de la Puerta: "Margarita Nelken, una mujer en la encrucijada española del siglo XX", *Raíces, cit.*, pp. 32-43.

Hormigón, Juan Antonio (ed.): *Autoras en la historia del teatro español (1500-1994),* Madrid, Asociación de Directores de Escena de España, 1997, t. II, pp. 928-931.

Martínez Gutiérrez, Josebe: *Margarita Nelken*, Madrid, Ediciones del Orto, 1997.

Núñez Pérez, Mª Gloria: "Margarita Nelken: una apuesta entre la continuidad y el cambio", en AA.VV., *Las mujeres y la guerra civil española*, III Jornadas de Estudios Monográficos, Salamanca, Ministerio de Cultura, 1991, pp. 165-171.

Servén, Carmen: "Margarita Nelken: feminismo y creación narrativa en los años veinte", *Dossiers Feministes,* 1, 1998, pp. 101-108.

Rodrigo, Antonina: "Margarita Nelken", *Historia y vida*, 127, oct. 1978.

——, *Mujeres de España (Las silenciadas),* Barcelona, Plaza y Janés, 1979, pp. 158-171. Nueva edición, ampliada: *Mujeres para la historia de España. La España silenciada del siglo XX,* Madrid, Compañía Literaria, 1996, pp. 265-283.

LA TRAMPA DEL ARENAL

PRIMERA PARTE

I
LOS PADRES

La cena transcurría alternativamente entre ese silencio que se siente lleno de pensamientos violentamente refrenados, y esas frases que se sienten dichas tan sólo para llenar huecos, para no dejar traslucir ninguno de los pensamientos que se tienen a flor de labio. Visiblemente, las personas reunidas en torno a esa mesa tenían la imaginación absorbida por ideas muy distintas de aquellas con que intentaban disimularse unas a otras la preocupación común.

Eran cinco: el padre, la madre y tres hijos, comiendo despacio, con afectada aplicación, para ocultar la confusión interior. Tal vez fuese también el miedo a acabar y a tener que proyectar hacia fuera el pensamiento con gran esfuerzo reprimido.

El padre, hombre de unos cincuenta y cinco años, más bien bajo que alto, pelo y bigote canosos, tenía, a primera vista, el aspecto corriente de un modesto burgués, comerciante o pequeño rentista, de existencia metódica y normalmente vulgar. Mas el trato cambiaba inmediatamente esta impresión. Había, no sólo en su modo de expresarse, sino en sus gestos, siempre pausados, y, sobre todo, en su mirada incomparablemente dulce y tranquila, una como serenidad y grandeza difusas que colocaban a don Miguel Otura muy por encima del medio que a lo primero podía suponérsele. Las gentes del pueblo, con ese buen sentir innato que vale por todas las dotes psicológicas, definían gráficamente su aspecto diciendo que era *muy señor.* El conde de Villacamblas, que iba todos los años a cuidarse su hígado a Vichy,[1] y que, aunque fiel católico, gustaba hablar de Voltaire y de los enciclopedistas, distrayendo con un *dilettantismo*[2] de buen tono el tedio forzoso a que le condenaba la exigüedad de sus rentas, llamábale *el Abate;* y en verdad que la exquisita galantería de don Miguel con las damas, el color rosado de sus tersas mejillas y el afilamiento de sus manos —de las que presumía, y que eran una de las celebridades de Peñaluz—[3] justificaban muy suficientemente el delicado apodo.

Sentado enfrente de su mujer, dirigíale una sonrisa triste cada vez que sus miradas se encontraban, y él era quien, con preguntas insignificantes a sus hijos, procuraba sostener la dificultosa conversación.

Doña María del Rosario (Charín para su marido, pero, para todo el mundo, altivamente, María del Rosario de Infiesto y Álvarez-Moyano) replicaba apenas, como si cada monosílabo de contestación indiferente costase demasiado a su mente henchida de otras preocupaciones. Más alta que su marido, con el lustroso cabello negro levemente salpicado

1. *Vichy*: importante balneario francés, famoso por sus aguas, indicadas para dolencias del aparato digestivo.

2. *dilettantismo*: afición a las artes y a las ciencias.

3. *Peñaluz*: topónimo ficticio. La forma de su nombre anuncia el tratamiento positivo que recibe, en contraste con la gran urbe, Madrid, sometida a una dura crítica. Se sigue el mismo procedimiento de la novela realista, aunque, aquí, con significado opuesto, mantenido en el siglo XX, de ocultar el nombre de pueblos y pequeñas ciudades, respetando el de las grandes. Recuérdese el Orbajosa galdosiano, Vetusta de Clarín o Pilares de Pérez de Ayala.

de plata, muy cenceña[4] y erguida, no necesitaba apretar, en un gesto habitual, sus finos labios pálidos, para recalcar la austera distinción de su porte. Así como a su marido, superficialmente, hubiérasele confundido con una persona de inferior alcurnia, comprendíase inmediatamente que ella era más, en cuanto a rango y ascendencia, que lo que la sencillez de su indumentaria y de su medio aparentaban.

De los hijos, el varón, Luis, un muchacho de unos veinte años, guapo mozo, enjuto, moreno, que conservaba todavía, bajo el empaque aristocrático heredado de su madre, el desgarbado continente de la adolescencia, comía con estudiada lentitud, atentamente espiado por la alerta curiosidad de sus hermanas. No era menester estar en antecedentes para comprender que él, llegado aquella misma tarde de Madrid, en inopinada interrupción de sus estudios, era quien había traído en su equipaje la tempestad pronta a cernirse sobre el pacífico exterior de la cena familiar.

Las dos niñas, Rosarito y Lupe, diez y seis y quince años, dos mujercitas ya dentro de los trajes y los peinados todavía infantiles, sintiendo flotar en torno un algo que no sabían el qué podía ser, y, no atreviéndose a indagar ni siquiera con alusiones, hacíanse continuamente señas con los pies por debajo de la mesa.

La cena —*arrastrada,* según la expresión de Lupe al comentarla después con Rosarito— llegaba poco a poco al final. El círculo de luz blanca que la lámpara recortaba crudamente sobre el mantel, dejando el resto de la habitación en penumbra, iluminaba ya el frutero casi vacío y el servicio de café que la doncella había colocado delante de la señora.

Por vez primera, dirigióse ésta directamente a su hijo:

—¿Lo tomas siempre con leche?

4. *cenceña*: delgada, enjuta.

—No, solo. Gracias, mamá.

La pregunta había acabado involuntariamente en un suspiro al punto contenido. Y la respuesta había sido dicha en un tono humilde, como si se quisiese, con esas simples palabras, congraciarse la voluntad materna a fuerza de obediente ternura.

El padre, metódicamente, despuntaba su cigarro de todas las noches.

Recogió la sirvienta el servicio. Quitó el mantel y lo reemplazó por un tapete obscuro que borró bruscamente todo el círculo de claridad.

Don Miguel consultó a su mujer con la mirada. Ésta se levantó. Todavía se retrasó un poco, dando una orden, haciendo una recomendación a las niñas, como para quitar ante éstas y la criada toda trascendencia a lo que iba a suceder. Y, por fin, con su andar pausado de siempre, pasó al despacho, en donde don Miguel y Luis la esperaban, ya sentados, preparados a la conferencia.

El despacho era una habitación grande, de apariencia algo destartalada a causa de sus mismas proporciones y de la escasez de detalles en la decoración y el moblaje.[5] Una estantería repleta de libros y cerrada por una alambrera ocupaba el testero del fondo, el principal. Delante, junto a un balcón, una gran mesa ministro cubierta de libros, folletos y papeles. Entre los dos balcones, un sofá de reps[6] verde, con sus dos butacas, una a cada lado. Enfrente, una chimenea de mármol negro, con un espejo de marco también negro y cobre. Sillas de cuero, una pantalla de tapicería. Grandes cortinones de reps verde y, como único adorno en las paredes, unas litografías isabelinas y un cuadro de un santo bituminoso,[7] al parecer San Francisco. En esta habitación

5. *moblaje:* mobiliario.
6. *reps*: tela fuerte, de seda o lana, usada en tapicería.
7. *bituminoso*: (derivado de betún) oscuro y lustroso.

era donde, todos los primeros días de mes, don Miguel recibía a sus colonos, que venían, regularmente, a pedirle les perdonase sus arriendos; y allí era donde se retiraba todas las tardes a leer los folletos que le traía el correo de las dos, y que trataban de los nuevos inventos en maquinaria agrícola, abonos, apicultura, cría del ganado e industria lechera. Pues era aficionado al progreso, aunque, por falta de práctica en las cosas unas veces, y por exceso de confianza en las gentes otras, sus experimentos dábanle raramente buen resultado.

Sentóse detrás de su mesa, con el busto echado hacia atrás, fuera de la órbita de luz de la pantalla. Luis, en una silla frente a él, cabizbajo, no sabía que hacerse con sus manos.

Doña María del Rosario habíase sentado, muy tiesa, en el centro del sofá.

Don Miguel dio lentamente dos chupadas al cigarro. Tosió levemente. Tuvo un suspiro hondo, prolongado, de esos suspiros que nacen en lo más dolorosamente íntimo y terminan en un cabeceo de amarga comprobación. Y, por fin, con su serenidad imperturbable, dirigióse a su hijo:

—Te telegrafié que vinieras, porque hay cosas que no se tratan por carta. Aquí tengo la tuya. Tu madre y yo la hemos leído y meditado mucho antes de hablarte. Creo inútil hacerte reconvenciones, ni lamentar lo que ya no tiene remedio. Si no hubiera estado seguro de poderte hablar como lo hago, no te habría llamado.

Luis sintió tentaciones de arrojarse a los pies de su padre y de suplicarle que se callara, que no dijese ya nada, que cesara de torturarse y de torturarle a él. Estaba preparado para aguantar la cólera, las recriminaciones, pero no para sufrir ese sufrimiento que comprendía desgarraba a su padre bajo la tensión de la serenidad. Y él, que en el tren remachábase frases rebeldes de hombría e independencia, sintióse de pronto el niño pequeño de años atrás que su madre

83

acariciaba llamándole «mimoso», cuando, sentado junto a ella en un taburete bajo, restregábase la cabecita contra su falda.

—¡Papá! —murmuró, agitando vagamente las manos.

Se vio temblar sobre la mesa ministro el punto rojo del cigarro. De la penumbra del sofá llegó un sollozo.

Pero don Miguel, tosiendo levemente, prosiguió con voz igual, como si nada hubiera percibido:

—Los lamentos a destiempo sólo servirían para hacernos más penoso este trance. Y nada digamos de tu madre: tú eres lo bastante inteligente para comprender las esperanzas que se nos truncan con este inesperado rumbo que has dado a tu vida. Eres el único varón. Desde que tu pobre hermano...

La voz se quebraba. De la penumbra del sofá elevóse otro sollozo, más franco que el primero. Luis hubiera dado la mitad de su vida porque *eso* no hubiese sido, por desandar y recoger el tiempo.

Don Miguel tuvo un suspiro, también más pronunciado que antes, seguido de un «¡en fin!» henchido de todas las renunciaciones.

—Bueno; vamos a lo esencial: ¿cuándo es el alumbramiento?

—En..., en mayo.

—¿Dentro de cuatro meses?

—Sí... Creo que sí.

—Bueno; entonces, lo mejor es acabar cuanto antes. ¿Verdad, Charín?

Del sofá sólo contestaron los sollozos, lentos, monótonos, sin consuelo ni resignación posibles.

Don Miguel agitó la cabeza con infinita pesadumbre. Con voz más sorda, continuó:

—Aunque muy otros eran mis planes, mi deseo ahora sería facilitarte la vida lo más posible y que no tuvieras que pagar demasiado duramente tu..., tu inexperiencia. Pero, desde la expiración del Tratado con Francia,[8] todo anda mal por aquí. Y, por otra parte, aunque quisiera favorecerte, tampoco puedo desposeer a tus hermanas.

—¡Papá, por Dios! Yo puedo trabajar y...

—¡Que remedio te quedará, hijo! Mañana mismo escribiré a tus tíos y a López-Herrero. De jóvenes fuimos grandes amigos y, aunque ya hace años que dejamos de cartearnos, creo me recordará lo bastante para encontrarte acomodo en cualquier oficina o ministerio.

—Claro, papá; y yo también tengo amigos. Y no creas, trabajando de firme por la noche, podré acabar la carrera.

La boca de don Miguel, recortada por la lámpara de la mesa, que ponía un antifaz de sombra en la parte superior del rostro, dibujó una sonrisa tiernamente compasiva.

—Bueno; entonces mañana mismo escribiremos, y también a los padres de... esa señorita. ¿Tiene padre?

—No; madre sólo.

—Bueno; pues a su madre, pidiéndola...

Luis tuvo uno de esos instantes extralúcidos que hacen recapitular en trances decisivos toda una vida. En un segundo vio, como no lo había visto hasta entonces, el medio en que se desenvolvían esos amores que había descrito a sus padres como seducción de una señorita de familia burguesa venida a menos, y tragedia de deshonor llevada a un hogar digno de estima. Vio a Salud, chulona y descompuesta, amenazando con escándalos de mujer que prolonga la casa en la calle y nada teme de nadie. Vio a su madre, la señora Ascensión, gorda,

8. *Tratado con Francia*: Parece referirse a un tratado comercial con el vecino país, cuya finalización estaría relacionada con la crisis que la economía española vive a partir de 1920, cuando desaparecen las circunstancias derivadas de la guerra europea, favorables para España en su papel de país neutral y exportador a los países beligerantes. Véase José Luis García Delgado, "La economía española entre 1900 y 1923", en Manuel Tuñón de Lara, *Historia de España,* tomo VIII, Barcelona, Labor, 1983, 2.ª ed. pp. 425-443.

fofa, procaz y ávida. Vio a Felipe, el hermano, que sólo aparecía por casa para exigir brutalmente dinero, sin cuidarse de dónde ni cómo podía haber sido ganado. Rememoró aquellas escenas de la *seducción,* en que no se sabía a punto fijo quién era el seducido; la horrible escena de insultos en que Salud le había anunciado su embarazo, y las imprecaciones de la madre, bajo las cuales disimulábase mal la satisfacción de haber *pescado* a un señorito. Vio la tertulia innoble, con las vecinas de la calle de Juanelo,[9] en torno a esa camilla por encima de la cual cruzábanse ante las chicas los chistes más soeces... Y quiso gritar a sus padres que no, que ellos no podían para nada entrar en contacto con aquella gente. Y lo iba a gritar: sintióse paralizado por *lo ya hecho,* sentimiento complejo en que entraban indistintamente el temor a parecer un chiquillo que no se debe de tomar en serio ni aun en las cosas más serias, resabios de las amenazas con que le habían acobardado Salud y su madre, y hasta un orgullo informulado que su presunta paternidad le había ido infundiendo. Y calló.

Don Miguel se levantó, dando por terminada la conferencia. Se acercó al sofá y apoyó una mano en el hombro de su mujer.

Luis, en pie en medio del despacho, no sabía cómo retirarse. Comprendía que debía pronunciar palabras de gratitud y arrepentimiento; sentía, sin precisárselo claramente, pero con incontrastable certeza, que sus padres realizaban en aquel momento algo heroico: un acto de sacrificio paternal mayor que el de precipitarse ante el carruaje que va a atropellar al niño.

Sus ojos se posaron involuntariamente en la muñeca de su madre, en la que brillaba una ajorca[10] de orfebrería pesada y antigua, y un recuerdo le asaltó de repente que le llenó los ojos de lágrimas. Un día de las vacaciones pasadas, Charito,

9. *calle de Juanelo*: entre la plaza de Cascorro —comienzo del Rastro— y la calle de Mesón de Paredes.
10. *ajorca*: pulsera en forma de aro.

jugando con esa pulsera, había dicho, con la inconsciente crueldad de los niños que piensan en la desaparición de los mayores con la tranquilidad de lo inevitable: —Será para mí, que soy la mayor, ¿verdad, mamá?—. Y la madre, con la seriedad que aportaba a todos sus actos, incluso a los más nimios, había contestado: —Será para la mujer de tu hermano, que es a quien corresponde—. Luis pensó nuevamente, con irritante realidad, en Salud, llena siempre de bisutería callejera.

Doña María del Rosario, con la cabeza inclinada sobre el pecho, seguía llorando queda y desconsoladamente.

El muchacho, sin atreverse a acercarse, murmuró:

—Buenas noches.

Su padre le miró. Avanzó hacia él con un andar vacilante de anciano, que su hijo sólo recordaba haberle visto en los días que siguieron a la muerte del primogénito, la espalda encorvada y la testa temblona, y, alzando la mano, le dibujó una cruz sobre la frente, diciéndole, como cuando era niño:

—¡Dios te bendiga, hijo mío!

Luis salió corriendo del despacho, tropezó sin verlas a sus hermanas que esperaban curiosas en el pasillo; subió de un brinco a su cuarto, tiróse sobre la cama, y rompió a llorar como cuando era verdaderamente pequeño, con grandes espasmos sonoros que le sacudían todo el cuerpo.

II

SALUD

S alud era una de esas muchachas madrileñas, ni francamente artesanas ni burguesas, que dan, a quien las ve por la calle, la ilusión de una posible y fácil elevación en la escala social.

Hace todavía pocos años, hubiera llevado, en invierno, el mantón de lana, y, en verano, el pañolón de flecos, y los piropos que habría escuchado hubieran encerrado todos una reminiscencia de majeza y de garbosa chulería; ahora, le faltaba tan sólo el sombrero para parecer una señorita. No una de esas señoritas cursis y cloróticas[11] de la pequeña clase media, sino una de esas señoritas vestidas a la moda y calzadas con elegancia, cuyo tipo ha difundido entre nuestro provincianismo el aluvión de la guerra, y que imponen al espectador un difícil equilibrio entre la idea de hija de familia acomodada y la de frecuentadora de *soupers-tangos*[12] y *cabarets*. Por la mañana, muchos, viéndola tan seria, con su velito muy echado a la cara, dudaban; más de un osado reprimía el requiebro demasiado libre, tomándola por una burguesita de vuelta de sus devociones; y, el que se atrevía a propasarse, recibía una mirada tan despreciativa, que creía ya de veras haberse equivocado. Y Salud iba y venía a su trabajo, paseando con distante altivez sus patillas pelinegras, el gris verdoso de sus ojos, y una boca ancha, glotona, desdeñosa y sombreada por sutilísimo vello, que electrizaba las miradas de los hombres más todavía que el sabio contoneo del cuerpo, sin que a ningún mozo de su clase se le ocurriese ni siquiera seguirla.

Hubiera sido inútil. De su infancia bastante regalada, gracias a la liberalidad de un *padrino* que venía a visitar a su madre regularmente dos veces por semana, conservaba Salud, además del recuerdo envidioso de unas compañeras de colegio más afortunadas, una aversión inquebrantable por todo lo que olía a pueblo. La vida de familia artesana sintetizábase para ella en dos ejemplos que se le aparecían de continuo, como para tener en tensión toda su fuerza de deseo

11. *cloróticas*: pálidas, anémicas.
12. *soupers-tangos*: podría tratarse de alguna variedad de café cantante.

de una vida distinta: su prima Celes, que había sido una chica muy lozana y muy guapa, modistilla pizpireta, trayendo de cabeza a todos los señoritos y señorones que esperan la salida de los talleres como el levantamiento de la veda, Celes que ahora, casada con un ebanista, era, antes de los treinta años, una mujer sin edad y casi sin sexo, aperreada con un enjambre de chicos, siempre sucios y enfermos, y con un marido que le daba lo justo para ir mal comiendo, reservándose la mayor parte del jornal para los toros y las cuchpandas del sábado; y luego Felipe, su hermano, un sinvergüenza que presumía de motorista,[13] se pasaba la mitad del año sin encontrar colocación a su gusto, y amedrentaba a su madre para sacarle dinero los días aciagos en que no tenía hembra a quien exprimir. Así, cuando ya hecha una mujercita hubo de ponerse a trabajar, porque habían cesado por completo las visitas del *padrino* —doña Ascensión, de jamona todavía apetitosa, habíase convertido en pocos años en un montón informe de grasas mal aseadas y vagamente dedicadas a negocios de compraventa y prendería[14] que, unas veces, daban de un golpe veinte duros en una joya mal comprada a una golfa y bien vendida a otra, y otras dejaban pasar días y días sin aportar un céntimo—, Salud no quiso saber nada de oficios plebeyos, y prefirió entrar de dependienta en un comercio de papelería, en donde ganaba menos que en un obrador, pero en donde era llamada *señorita* por la clientela, y tenía trato con personas educadas que la hablaban cortésmente.

Y paulatinamente, su exterior se fue puliendo, como si la penumbra de la tienda, amplia y ordenada, desvaneciese poco a poco las estridencias que traía de su estrepitoso ambiente en el barrio lleno de gritos e interjecciones carreteriles. Ella, además, se aplicaba. Cuando entraba alguna

---

13. *motorista:* persona que conducía el automóvil y cuidaba del motor.
14. *prendería*: compra y venta de prendas, alhajas o muebles usados.

señorita, que se apeaba del auto o venía con la señora de compañía a elegir una caja de papel de última moda, escudriñaba todos sus gestos, y hasta sus entonaciones, como quien lee en un libro que ha de aprenderse de memoria. Así fue poco a poco desposeyéndose del deje impuesto a su acento por los barrios bajos; se limó en punta y dio barniz a las uñas; substituyó el rizado que le hacía una vecina por la ondulación de peluquero, y tuvo más de una vez en la imaginación, al despachar a un matrimonio joven y elegante, un «¿por qué yo no?» que le arrebolaba la cara y le hacía sentir interiormente como un pellizco en el estómago. Luego, quedaba para el resto del día nerviosa, presa de una excitación que le costaba gran trabajo disimular. Esperaba algo, un algo que no sabía exactamente en qué había de consistir, pero que sentía sería una liberación definitiva de todo lo que la rodeaba; un ascenso definitivo hacia las regiones soñadas y vislumbradas en el rastro de lujo de la clientela.

Y esos días, al volver a su casa por la noche, en cuanto bajaba la Concepción Jerónima[15] y se internaba en el mundo que todavía no había dejado de ser el suyo, experimentaba la desazón del que está a punto de perder la esencia misma de su existencia. Al cruzar la plaza del Progreso,[16] acortaba involuntariamente el paso, como si todavía pudiera realizarse su esperanza; en *sus* calles, iba luego más desabrida y fiera que nunca, bajándose de la acera para que la rozasen lo menos posible los insoportables galanteos de hombres cuya rudeza ofendía su vista, y hasta su olfato, galanteos que oía como una reina ofendida por patanes y, al entrar en el portal angosto, negro y dudoso de su casa, le parecía que todo el

15. *Concepción Jerónima*: calle próxima a la plaza Mayor, entre la calle de Toledo y la plaza (actual) de Jacinto Benavente.

16. *plaza del Progreso*: actualmente se denomina plaza de Tirso de Molina.

peso de la mansión lóbrega se le caía encima, doblándole el cuello bajo un yugo irrompible de tristezas y miserias. Y ese mismo orgullo que la hacía aspirar al rango superior a que se creía con derecho, guardábala intacta en una pureza que para ella no era, como para otras muchachas de su edad, espera romántica de un príncipe encantado, sino cálculo frío, imperturbable reflexión.

—¡No parece hija mía! Es *mismamente* un cacho de hielo —decía la señora Ascensión a algunas de las veinte o treinta vecinas que solía distinguir con sus confidencias.

Y no dejaba nunca de añadir, añorando mentalmente los buenos tiempos en que se iba a los reservados de las Ventas[17] con el primer buen mozo que la convidaba a vino blanco y salchichón, para llorar luego al infiel con todas las lágrimas de su cuerpo:

—¡Lo que es a ésta, el que la dé el plantón, no lo ha *echao* todavía su madre a este mundo!

Salud también pensaba que no parecía hija de su madre, a quien no perdonaba el rápido descenso de los últimos años.

Empero, su superioridad quedaba limitada a la calle, recobrando la naturaleza su imperio puertas adentro, con esa fuerza de la costumbre y de la educación contra la que nada pueden, salvo en contados espíritus privilegiadamente

---

17. *reservados de las Ventas*: Se refiere a ciertas habitaciones de los merenderos que había en el barrio madrileño de las Ventas, adonde acudían las clases populares en busca de la diversión dominguera. José Gutiérrez Solana los describe en "Baile chulo en las Ventas", de *Madrid. Escenas y costumbres* (1913): "En los merenderos desvencijados de colores tristes, se ven grupos que comen y beben. Se oyen en todas estas tiendas los acordes de un piano de manubrio que toca piezas del género chico [...]Despúes del baile se van a un reservado a pasar un rato; por entre los hierros de las ventanas se ven un diván o una cama ancha, y unas cortinillas que suelen tapar sus cristales". Véase José Gutiérrez Solana, *Obra literaria*, Madrid, Taurus, 1961, pp.71-77 (*vid.* p. 72).

dotados, las variaciones exteriores. Y la natural inclinación de Salud hacíale, aunque despreciando por idea los galanteos de los hombres de su clase, gozar de lo lindo en las tertulias que se celebraban todas las noches en su casa para jugar a la lotería; tertulias cuyos personajes principales eran dos muchachas del tercero que se preparaban para cupletista y bailarina, respectivamente, y un policía del bajo, hombre ya canoso, siempre en acecho de poder rozar a las chicas.

Y, en lo más recóndito de su ser, admiraba, como al hombre superior por excelencia, a un huésped del segundo que era *croupier,* y se ufanaba, igual que de una posición envidiable, de sus cuantiosas propinas.

III
SEDUCCIÓN

Las primeras veces que Luis esperó a Salud a la salida de la tienda, ella, no sólo no le prestó ninguna atención, sino que rechazó airadamente la pretensión por él expuesta, entre requiebros más o menos ingeniosos, de acompañarla.

No es que le disgustase; pero no entraba en sus planes el perder el tiempo con un mozalbete a quien le debían de faltar, por lo menos, sus tres o cuatro años de carrera hasta pensar en bodas, y que, después de ese tiempo, se casaría seguramente con la señorita fea y rica buscada por los papás, dejando a la incauta artesana sin novio y ya madura.

La misma resistencia enardeció al muchacho, y, ante el tono despectivo con que Salud acogía su cortejo, lo que habría sido mero pasatiempo de estudiante adquirió rápidamente un cariz de empeño de amor propio, difícilmente distinguible del verdadero interés pasional. Luis necesitaba que esa chica le hiciese caso; necesitaba dominar la mirada de desprecio y la risita irónica con que le acogía siempre, al encontrárselo plantado con aire sombrío y gesto resuelto al borde de la acera. Las otras dependientas se mofaban de él, y también algunos compañeros que no habían tardado en averiguar por qué se escapaba todas las tardes cronométricamente a las ocho menos diez.

Y, un día, esa idea fija de Luis realizóse inesperada y tan completamente como él nunca se hubiera atrevido a soñarlo.

* * *

Los negocios de la señora Ascensión iban decididamente mal. Una tanguista desaparecida con un soberbio mantón de Manila imprudentemente prestado, y una trastada del *niño* a quien se le ocurrió empeñar, vendiendo luego la papeleta, una joya que su madre tenía en depósito, habían obligado a la compraventista a desnivelar por completo su ya dificultoso presupuesto, para evitar el ver a su retoño adorado dar con su cuerpo marchoso en la cárcel, por un tiempo probablemente nada corto.

Con los años, además, la buena señora había engordado monstruosamente. El caminar y, sobre todo, el subir escaleras, la fatigaba mucho. Así es que, los días en que se había pasado corriendo trabajosamente horas y horas en busca de cualquier «ganga», para después tratar inútilmente de convencer a alguna antigua parroquiana de que esos pendientes «sacados del monte» eran «un verdadero regalo», o de que ese traje, «como quien dicen nuevo», era, por diez duros, «un modelo copiado de París», doña Ascensión, pensando en los tres meses que se debían de cuarto, en la mala cara que le iban ya poniendo el tendero y el panadero, amén de las reclamaciones más apremiantes de los demás proveedores, y en los quince

93

duros escasos que ganaba mensualmente su hija, recordaba los tiempos en que un padrino generoso pagaba dócilmente todas las cuentas y convidaba a coche a las verbenas; meditaba acerca del buen palmito de la niña, y suspiraba, con esos suspiros de reprobación con que las personas ya entradas en años consideran cómo todo degenera en este mundo.

Una noche, al volver a su casa, Salud, que había dejado, después de comer, a su madre llorosa y gemebunda,[18] se la encontró cantando sevillanas y rebuscando trapos en un armario. Antes de que la sorpresa pudiera arrancar una exclamación a la muchacha, la señora Ascensión rompió a hablar volublemente: Andrés, el policía, que las quería obsequiar hacía ya tiempo, había traído unas entradas para Martín.[19] ¡Ellas que no iban nunca a ninguna parte! ¡Hala! ¡A arreglarse pronto, y a ponerse muy guapa! Precisamente, tenía ella ahí un traje que le había dado a vender la doncella de una marquesa; un traje que a la marquesa le había costado un dineral, y que a Salud le estaría a las mil maravillas...

Desde las primeras palabras de su madre, a Salud le había parecido que se le detenía bruscamente la circulación de la sangre. Esa *naturalidad* con que la prendera hablaba, sonábale a falso, y sentía una impresión singular: algo así como si el suelo se le escurriese debajo de los pies.

Tuvo que sentarse para no caer redonda.

—¿Conque nos invita el poli?

La voz era tan silbante, tan distinta a lo que era siempre, que doña Ascensión, comprendiendo al punto el peligro, quiso atajarlo:

—No es que nos invita; es que le han regalado unas entradas, y como él no las puede aprovechar, y sabe lo que nos gusta el teatro...

18. *gemebunda*: que gime profundamente.
19. *[el] Martín:* se refiere al teatro madrileño de este nombre.

Margarita Nelken hacia 1931.

Ex-libris de Margarita Nelken.
Arriba, su firma autógrafa.

—Y ¿cómo lo sabe? —preguntó Salud, ya más serena y dueña de su cólera.

—Hombre, ¡eso lo sabe cualquiera! A todo el mundo le gusta pasar un rato, y en no costando nada...

—Así es que ¿vamos tú y yo nada más?

La madre, a pesar de su astucia, faltó de diplomacia:

—¡Estaría bueno que después de obsequiarnos no nos acompañara! ¡Ni que se avergonzase de sus amigas! Bien se ve que no tienes idea de los usos...

Pero la muchacha la interrumpió frenética:

—De lo que no tenía idea es de que quisieras hacer de tu hija una...

La palabra sonó como una bofetada; y bofetada verdadera fue en efecto la respuesta. La señora Ascensión, viendo malograda su treta, fuera de sí por lo que consideraba «la estupidez» de su hija, perdió los estribos. Fue una escena atroz, en que la madre reprochó a la joven el «esperar a duquesa», y en que la hija rememoró, con las frases más degradantes, lo que sabía y lo que sospechaba de la vida de su madre.

Cuando se callaron, rendidas por cuanto oyeron una de otra, era ya muy tarde. La señora Ascensión se fue a acostar; Salud, por no compartir la cama con ella, quedóse sentada en una silla, rumiando toda la noche, con las mejillas abrasadas y los ojos secos, los más negros proyectos de venganza. A la mañana, su madre no le preparó el desayuno, y ella no quiso humillarse a pedírselo. Y así se fue a la tienda, febril, sosteniéndose en pie por un prodigio de voluntad, envejecida en una noche de cuantas desilusiones pudiera reservarle la vida.

A la una, encontró la casa sola; su madre, según le contó la portera, había salido con un lío de ropas, dejando dicho que no volvería hasta tarde. Salud se recalentó en la maquinilla de alcohol un resto de comida; pero se le atragantaba, y lo dejó. Bebió varios vasos de agua, y, como una sonámbula, volvió nuevamente a la tienda.

Acababa junio. Desde las cinco, la tienda estaba continuamente llena de un público elegante que venía a hacer acopio de papel de escribir para la ausencia del veraneo. Salud, que se sentía la cabeza de plomo, fue reprendida dos veces por el encargado, y la segunda muy agriamente, por falta de diligencia. Oyó luego a una señora decir a otra con impaciencia: «Esta chica parece tonta».

A la salida, Luis esperaba, como siempre, plantado al borde de la acera. El muchacho la miró con arrobo, procurando hipnotizarla con el ardor de su mirada juvenil. Salud fue resueltamente hacia él, se le colgó del brazo y sin saber lo que se hacía, murmuró:

—Lléveme a un café, a cualquier parte....

Estaba intensamente pálida. Luis, sin salir de su asombro, la llevó a un café de la calle de Carretas, de penumbra y soledad acogedoras a las efusiones y confidencias.

Allí estuvieron hasta bien entrada la noche. Salud, restaurada y más tranquila, comprendía que su pretendiente era de buena familia, y, bajo su petulancia de estudiante que se cree muy corrido porque ha dormitado en los brazos de unas cuantas meretrices, incomensurablemente ingenuo. Guapo, rico, o por lo menos acomodado, no era tan menguada proporción como se había figurado hasta entonces.

La señora Ascensión, con la cual hizo tácitamente las paces, con la falta de rencor de las gentes para quienes los mayores insultos significan apenas excesos momentáneos de lenguaje, opinó lo mismo, y comenzó a lucubrar, sobre su destruido sueño de un policía generoso con su querida, la ilusión, harto más grandiosa, de un señorito fácilmente manejable por su suegra y por su mujer.

Después de una entrevista en la cual Luis fue prolijamente enterado de la austera respetabilidad de la familia, venida

a menos a la muerte del padre, prestigioso veterinario siempre llorado, el muchacho vióse admitido a formar parte de la
tertulia, y, sin saber cómo, las relaciones adquirieron en seguida un carácter semioficial, muy distinto del amorío fácil
y sin consecuencia a que él pretendía.

El peligro de las vacaciones salvóse gracias a los suspen-
sos, que retuvieron a Luis en Madrid para preparar los exámenes de septiembre. Pero el término de la carrera estaba
todavía lejano. Y Luis tuvo cada día más facilidades para estar solo con su novia. Y la esquivez de ésta supo dar todo su
valor a aquel día en que, habiendo ido doña Ascensión al final del barrio de Salamanca a recoger unas prendas, los dos
novios se encontraron solos en casa, con toda la tarde por delante y la puerta de la alcoba descuidadamente abierta.

IV

LUNA DE MIEL

S e instalaron en un cuarto con terraza del final de la calle
de la Princesa.[20]

Era uno de esos pisitos diminutos, en que las habitaciones
tienen un poco de departamento de casa de muñecas, y un
mucho de camarote de barco. Tan pequeñito todo, no hacía
casi falta muebles. Desde su casona provinciana, de desva-
nes atestados con el desperdicio de tres generaciones, los padres de Luis enviaron lo más preciso. Y los tíos que éste

20. *calle de la Princesa*: céntrica calle, entre la plaza de España y Moncloa. En la novela ofrece connotaciones del Madrid más moderno de la
época. A partir de aquí el relato se desarrollará en este Madrid nuevo.

tenía en Madrid aprovecharon el pretexto de las circunstancias del casamiento para deshacerse de unos cortinones pasados de moda y de una sillería algo derrengada, y hacer así un regalo práctico y económico a la par.

Los primeros días, el nuevo matrimonio los pasó en un entusiasmo tapiceril y carpinteril que llenaba el pisito de martillazos y de risas, y que podía muy aceptablemente hacer las veces de esa bienaventuranza que, según los psicólogos y novelistas más dignos de crédito, suspende a los recién casados entre cielo y tierra, más cerca de aquél que de ésta. Luis regresaba de su oficina —una secretaría particular en casa de un político amigo de López-Herrero, el antiguo camarada de su padre— a las dos de la tarde. Despachaban a escape el frugalísimo almuerzo, y ¡vengan tachuelas, alcayatas y martilleo!

En anocheciendo, bajaban a dar unas vueltas por el barrio, muy del brazo, con esa satisfacción, que todo lo suple, de dos seres muy jóvenes en plena libertad de amarse y poseerse a su antojo. Y luego, las noches venían a confirmar espléndidamente el orgullo de Luis cuando, pensando en amigos mayores y todavía sumisos hijos de familia, se veía, a poco más de veinte años, todo un señor formal cargado de responsabilidades y dueño de su albedrío.

Y la amarga impresión que había traído de casa de sus padres, impresión de irremediable caída y de porvenir truncado, adormecíase en el encanto casi infantil de su luna de miel.

Eran, más que un matrimonio burgués, una atolondrada pareja —la eterna pareja del estudiante y la muchachita artesana— milagrosamente libertada de todas las leyes que impiden y castigan las fugas amorosas de menores.

Los domingos, sobre todo, el encanto recrudecíase hasta la exaltación. Salud tenía por la jira campestre la ilusión de la juventud aprisionada, año tras año y día tras día, en la cárcel sin horizonte de los barrios céntricos y populosos; y

a Luis, le parecía que hacía todavía novillos. El sábado se
acostaban, pues, muy tempranito, para estar bien despejados
y dispuestos al día siguiente; y a la mañana, cuando el cielo
tenía todavía la estela pálidamente amarilla del amanecer, y
la calle estaba aún bañada en la lozanía de la niebla del crepúsculo auroral, bajaban alborozados los ciento veinte esca-
lones de su palomar; hacían, con ingenua presunción, alguna
vana recomendación a la portera —«si viene alguien, que no
volvemos hasta la noche»—, y se iban, Moncloa abajo, en
busca de algún espacio entre los pinos algo menos polvoriento y más cubierto de hierba que los demás, que les per-
mitiese imaginarse que se hallaban sumidos, lejos del
mundo, en plena Naturaleza.

La primavera prematura, con esos anticipos que tiene en
Madrid antes de tiempo y del retorno de frío y viento con
que se despide luego el invierno, ya fuera de su estación, tenía tibiezas que llenaban el cuerpo de delicioso aplana-
miento y adormilaban el espíritu en una sensualidad
tranquila: algo así como un panteísmo muy casto. Luis, tumbado en el suelo, con la cabeza apoyada en la falda de Salud, sentía, al través de la tela, el calor del cuerpo de su
mujer; al dormirse, para la larga siesta después de la comida,
cogíale casi maquinalmente una mano con la que ella, por
juego, se hacía luego a su vez dueña de la suya, llevándola hasta su vientre, en donde le hacía percibir así las primeras llamadas del hijo. El joven sentíase entonces
inundado, en la semiinconsciencia de su casi sueño, por un
extraño enternecimiento, por un anhelo muy dulce de prote-
ger a esos dos cuerpos suyos, y, a un tiempo, de cobijar toda su vida en aquel regazo de mujer. Y la emoción perduraba
cuando, al regreso, Salud se apoyaba más fuerte en su brazo, quejándose mimosamente del peso de su próxima maternidad. Los que se cruzaban con ellos —familias de
menestrales, más rendidas por el cansancio del domingo que

por el de los seis días de labor, el padre llevando a hombros algún chiquillo, la madre de la mano a otro, y otros arrastrando gruñendo su cansancio en torno; o parejas de fámulas y soldados, horteras y modistas, muy cogidos del talle en la penumbra vespertina—, los miraban sonriendo, tan jovencitos y tan cargados ya de obligaciones. Y, de la impresión desagradable que la sorpresa de la nueva del embarazo había causado al muchacho, no quedaba ya nada: fundida toda su aprensión en ese sentimiento de ternura y de orgullo que le invadía todo.

También a Salud su próxima maternidad llenábala de emoción, haciéndola además presa de histerismos repentinos, fácil a las lágrimas. El misterio que se fraguaba en sus entrañas la enternecía como una devoción, como si la nueva vida que en ella se iba creando recrease al tiempo todo su ser, volviéndolo todo a un estado de suavidad y dulzura, con unas inflexiones de voz que parecían tener ya ese candor que pone a ratos en todas las mujeres, hasta en las menos propicias a la blandura, el contacto de la piel de fruta de los recién nacidos. Parecía como si, al sentirse dominada por algo más fuerte que ella, se entregase dócilmente a esa fatalidad que la anulaba. Sufrió crisis histéricas en que, temiendo morir, se agarraba al cuello de su marido, obligándole a pueriles juramentos de eterna fidelidad. Y tuvo también dos o tres ataques de celos infundados y terribles, escenas desgarradoras en que Luis, consciente de su superioridad de hombre, desligado de las miserias de la naturaleza femenina, la acariciaba y compadecía, calmándola con las dulces apelaciones que conservaba en la memoria de su infancia en una tierra zalamera y mimosa. Poco a poco, ella se tranquilizaba, y luego, entre torrentes de lágrimas, prometía no volver a ser mala y saber premiar todo el cariño y la bondad de su marido.

100

Y así, la anormalidad de la proximidad de ese advenimiento que, en el fondo, tenía igualmente sobrecogidas sus
dos inexperiencias, ponía un velo de emoción y de enternecimiento sobre las vulgaridades de la existencia cotidiana.

V

¿NO DICEN QUE EL AMOR ES CIEGO? TIENE TAN
SÓLO LOS OJOS VENDADOS, Y A MENUDO, ¡AY!,
SE LE CAE LA VENDA

A principios de junio, Salud dio a luz una niña.
Luis quiso llamarla Rosario, pero la madre, que se
sentía, bajo las frases de afecto convencional añadidas para
ella en las cartas venidas de Peñaluz, herida por ese abismo
que la separaba de la familia de su marido, y que ésta, lo
comprendía, no colmaría nunca, se opuso. Y se opuso dando rienda suelta en su negativa a su hostilidad contra sus sue-
gros, y, sobre todo, contra sus cuñadas, esas *cursis* que no se
habían dignado ponerle todavía ni una línea.

Esperaba un hijo, y el nacimiento de una hembra la exas-
peró. Luis, con la irreflexión de su prematura paternidad, habíale hablado tanto del orgullo que, *a pesar de todo,* tendrían
sus padres del primer nieto, del primer varón en quien habría de perpetuarse el nombre, que ahora, a ella que en el
fondo vivía con el escozor de la frialdad de la familia de su
marido, y con la idea fija de ser para todos, *de verdad,* la señora de Otura y de Infiesto, le pareció que el destino la había hecho de menos para sumar ese escarnio a los desprecios
que sufría. Y, en su exasperación, exigió, por un obscuro
sentimiento de venganza —pues no sentía cariño alguno por

su madre—, que la niña llevara el nombre de la señora Ascensión y que ésta fuese la madrina.

El médico recomendaba insistentemente tranquilidad absoluta, a fin de evitar la fiebre: Luis no se atrevió a una negativa, y tampoco se atrevió a pedir a don Miguel que apadrinara a la niña junto con la prendera. Pero una carta de Peñaluz, que dejaba traslucir el dolor muy vivo de sus padres por ese desaire, hízole juzgar imperdonable el capricho de su mujer, y tomar casi odio a esa criaturita, en la cual le parecía que había de revivir toda la bajeza de su suegra.

Y doña Ascensión, con su triple autoridad de abuela, de madrina y de enfermera de la parturienta, entronizóse en la casa, de la que su misma hija la había tenido apartada hasta entonces.

* * *

Cuando se levantó, Salud era otra persona; una persona distinta por completo de la que Luis conocía.

De la muchachita retozona de los primeros tiempos de matrimonio, que se paseaba enamoradamente enlazada con su pareja por las frondas renovadas de la Moncloa; de la *Lulú* que comía en un solo plato con su *Lisín* y reía a carcajadas ante los contratiempos de la somera instalación —hoy se advertía la falta de una manta, mañana de la salsera— no quedaba nada.

En su lugar estaba una señora muy colocada dentro de sus derechos y su flamante dignidad de señora casada en justas nupcias; y Luis veía con asombro instalarse en su hogar la caricatura de todo el empaque que le pesaba ya en su casa paterna. Como si las rancias virtudes y la innata distinción de su madre se reflejasen en un espejo convexo que las deformase, dejando en sombra los perfiles blandos y suaves, y recalcando las notas forzadas y estridentes. Los defectos de la vida de familia burguesa sin sus cualidades.

Era algo así como un salto atrás. El sobreparto parecía suceder naturalmente al noviazgo, como si el optimismo *instalado,* la certidumbre inquebrantable de ahora, fuesen en Salud consecuencia lógica e inmediata del cálculo, de la preparación que a ello llevaban, y habían sido todo el sueño dorado de su juventud confinada en una existencia inferior. Sí, después de aquellos meses de muchacha prudente y avisada, muy percatada de lo que le cumplía, venían naturalmente esos días —¡toda la vida!— de casada muy percatada de lo que le correspondía. La alegría con que se había plegado a las juveniles locuras de su marido no era sino un paréntesis sin consecuencia: automática docilidad ante el varón del cuerpo y la mente preñados.

—¿Sabes lo que me recuerdas? —díjole un día su marido, después de las frases secas con que ella se había opuesto a la "tontería" de ir a almorzar al campo.

—¡Dios sabe!

—Pues me recuerdas el prospecto del colegio adonde iban mis hermanas, y en el cual las Madres anunciaban enseñar «los deberes para con Dios, para consigo misma y para con la sociedad».

—¡Te creerás que tienes gracia! La verdad es que para venir de gente tan alta, chico, no lo pareces.

Y la risita que subrayaba las últimas palabras era tan desdeñosa, que Luis, de carácter algo apático y amigo de paz, fue tomando poco a poco la costumbre de refrenar, como un peligro, todas sus veleidades de broma.

Pero tenía a veces Salud unos absurdos, de sobra justificados por el proceso de lo que doña Ascensión llamaba *su rango,* que Luis no sabía descifrar, y que le desconcertaban como hechos injustificables. Mostraba, por ejemplo, un desprecio tremendo, no sólo por todo lo que olía a pueblo, sino por todo lo *irregular;* desprecio que la había hecho despedir violentamente a una costurera que contó una triste historia de seducción y abandono con la ingenuidad y la llaneza de los humildes que saben, sólo con escuchar sus sentimientos, desentrañar la maldad y la bondad de las intenciones y, con su sana conciencia, juzgan los actos por su intención.

A cuantas objeciones intentó su marido, replicó con un "no quiero golfas en mi casa", en que el posesivo adquiría una fuerza inapelable. Y Luis, que, por no humillarla, hubo de contener la réplica que le subía a los labios, quedóse atónito al encontrarse en casa, unos días después, a Encarnita, la aspirante a cupletista de la calle de Juanelo, que había abandonado sus veleidades de arte barato para aceptar el piso lujoso y la renta crecida ofrecidos, sin necesidad de la Epístola de San Pablo, por la mano cargada de sortijas de un abastecedor millonario.

Encarnita era una rubia opulenta, chillona por su voz, su indumentaria y sus ademanes, y que parecía ostentar en toda su persona el letrero de *comprometida*. Luis la saludó con mal disimulada frialdad. Ella hubo de advertirlo, y se marchó al poco rato. Pero Salud la despidió con efusión, besuqueándola repetidas veces y prometiendo devolverle en breve la visita.

Apenas se hubo cerrado la puerta de la escalera, Luis, con voz descompuesta, se encaró con su mujer:

—¿Cómo se atreve a pisar aquí esa zorra?

Salud le hizo frente, rabiosa como una leona:

—¡Idiota! ¡Más que idiota! ¿Es que no sabes que Encarna vive ahora en una casa magnífica, y que tiene automóvil, y que la otra noche, en la Princesa,[21] llamó la atención hasta del rey por lo elegante que iba?

Luis, fuera de sí por la tozuda incomprensión de su mujer, quiso hacer acto de autoridad marital:

21. *la Princesa*: teatro de la Princesa; actualmente, teatro de María Guerrero, por haber tenido allí la sede la compañía de la célebre actriz.

—Pues te prohíbo, ¿lo oyes?, te prohíbo que vuelvas a recibir a esa individua. Si tú no sabes lo que es ser una señora, yo haré que lo aprendas.

Salud estaba como loca. Soltó una risa estridente:

—¿Una señora? ¡Ja, ja! Lo dirás por las de tu familia: señoras de *pan pringao,* que no tienen donde caerse muertas. Ya darían algo todas porque Encarna se apeara de su automóvil ante su puerta...

Y siguió un torrente de palabras soeces en que, entre el despecho de haber visto fracasar la ilusión que creía le causaría a su marido tan elegante amistad, y el escozor siempre vivo de la frialdad de su familia política, subía a flote la hediondez de aquel fondo de los barrios bajos madrileños que parecía estar tapado por la superficie de mejor tono; pero que latía, invenciblemente, en lo íntimo, con la indestructible intensidad adquirida en los años de la formación de la naturaleza.

Luis, asqueado, comprendió la inutilidad de las explicaciones, Se encogió de hombros y tuvo una mueca de desprecio:

—Bueno, no quiero discutir. Pero en mi casa no entra sino quien yo quiero, y asunto terminado.

Ella se irguió, con soberbia de maja:

—¡Vaya con el sultán! ¿Por quién me has tomado a mí, hijo?

Esta vez, Luis perdió toda prudencia:

—Te he tomado por la hija de tu madre. Ya es bastante decir.

Salud quiso abofetearle; él esquivó el gesto, y, sujetándole las muñecas, gritóle en los ojos:

—Como vuelvas a tratar a esa *cocota,*[22] ¡pobre de ti! Eres mi mujer, y, si tú lo olvidas, yo te lo recordaré, quieras o no quieras.

22. *cocota*: castellanización del francés *cocotte*, mujer de vida frívola, proclive a la prostitución.

El ataque de nervios duró cerca de una hora. Luis, asustado, mandó llamar a doña Ascensión, la cual le reconvino agriamente de no saber aprovechar las relaciones que podían valerles de algo:

—¡Como le das a mi hija vida de princesa, puedes ponerte tonto!

Al día siguiente, la niña tuvo una fuerte diarrea, y el médico dictaminó severamente que ello obedecía a algún disgusto de la madre.

El dictamen no había necesitado gran perspicacia; pues Salud, gemebunda y llorosa, había entrado a maravilla en su papel de esposa mártir.

Doña Ascensión, que asistía a la consulta, aprobó el fallo del facultativo con suspiros y gestos compasivos. El médico recetó un calmante y pronunció un largo discurso acerca de las consideraciones que, por encima y ante todo, sí señor, merecen las madres que dan la sagrada savia de sus senos para nutrir con su propia sangre el fruto que les impone la sensualidad del hombre.

Luis, abochornado, callaba.

Unos días después, al regresar a su casa, a las nueve de la noche, se encontró con que no había nadie. La portera le dijo que "la señorita del otro día" había venido en coche con doña Ascensión, y que la señorita se había ido con ellas, dejando dicho, para cuando volviera el señorito, que iban al teatro. También se habían llevado a la niña con la niñera.

Regresaron cerca de las diez, y Luis no se atrevió a decir nada.

VI
MATERNIDAD

L o que nadie podía quitarle a Salud era el ser una buenísima madre.

Quería a su hija con un apasionamiento frenético, tan distante del cariño latente, de esa indiferencia que, en muchas
familias, rodea a los niños y los hace crecer entre pescozo-
nes, besos y bofetadas, sin más expansión de ternura que la
de los días de enfermedad o de duelo, como del amor exasperado que, en otras, cría a los niños como reyezuelos des-
póticos, de incontrastable voluntad.

Para Salud, su hija era, ante todo, la consagración, la
prueba patente de su posición social. No se separaba nunca
de ella, como si la niña y el delantal bordado de la niñera for-
masen parte de su decoro exterior. El salir sin ellas hubiéra-
le parecido algo así como salir sin sombrero. Y necesitaba
por igual el sombrero, y la niña y la niñera, para que nadie
ignorase que se trataba de una señora muy señora, que no tenía nada que ocultar en su maternidad.

A Encarna, que no tenía hijos, y hubiera dado cualquier cosa por llevar por la tarde en el coche, o de la mano por la mañana, a algún pequeñuelo muy emperifollado, le encantaba
igualmente llevarse de paseo a Salud con la niña y la criada.
Su instinto de *comprometida* hacíale creer, a ella también, que
eso era el sello supremo de las situaciones regulares.

Salud, pues, era una buenísima madre. No seguía con su
hija todos los consejos de la puericultura moderna, pero ello
no le hacía. La señora Ascensión le había infundido sabia-
mente los principios de puericultura especiales a los barrios
que eran los suyos desde toda la vida, los cuales principios
no eran precisamente los decretados por la ciencia moderna.

Y Luis, que, en los últimos tiempos del embarazo de su mujer, había creído de su deber comprar un *Arte de criar a los niños,* y leérselo en alta voz a la futura madrecita, sobresaltábase a veces oyendo decir que "los orines engordan",[23] o emitir algún otro aforismo por el estilo, destinado siempre a excusar alguna negligencia.

Pero esto eran detalles sin importancia. Que Salud era una madre "como hay pocas", ello no dejaba lugar a dudas. Y menos aún los domingos y días festivos que los días laborables.

Cuando Salud se pasaba seis días de la semana encerrada en la penumbra de una tienda despachando cajas de papel, paquetes de cuartillas o docenas de plumas, y soñando despierta con un porvenir rodeado de lujos y de consideración, veía desfilar por su mente, como el cuadro que había de encerrar la síntesis de todas sus aspiraciones, a una Salud elegante, transitando despacio, apoyada en el brazo de un marido, no menos apuesto, precedidos los dos por una criadita con delantal cuajado de bordados, que llevaba en brazos a un infante no menos lleno de bordados que su niñera. Este paseo del matrimonio burgués ostentando su legitimidad y la de su prole, parecíale el *nec plus ultra*[24] del asiento en la vida y de la respetabilidad. Más tarde, cuando, ya casada, esperaba el término del misterio que se fraguaba en sus entrañas, jamás pensó en la dulzura de sentir contra su seno a una criaturita carne de su carne; nunca se recreó en la idea de tener pronto en su regazo, para poder comérselo a besos, a un cuerpecito palpitante, fruto de su amor; y nunca tampoco voló su imaginación, como la de otras madres, hasta

---

23. *los orines engordan*: se refiere a la creencia tradicional de que los "niños de pañales" no resultaban perjudicados por llevar éstos mojados de sus propios orines, siempre que se mantuviesen calientes.

24. *nec plus ultra*: variante de la expresión latina más usual *non plus ultra*.

proyectar lejanamente en el sendero de su vida a un muchacho o a una jovencita en quien se realizarían seguramente todas sus ilusiones, en quien habrían de cuajar todas sus esperanzas. No; en las largas horas de sentada inmovilidad a que la obligaba su estado; mientras cosía aplicadamente alguna de esas prendas que todas las que van a ser madres besan como si ya cubriesen los miembrecitos que aun se agitan en ellas, Salud veía siempre desfilar ante sí el cuadro de la pareja burguesa precedida de la niñera emperifollada.

Luis era demasiado joven para sentir la paternidad. Doña Ascensión había decretado que el padre debía asistir al parto, "para que viera lo que era eso". En un hombre más madurado por la vida, o más profundamente unido a su mujer, la experiencia hubiese sido, sin duda, provechosa; pero a Luis, con sus veintidós años despreocupados, le quedó tan sólo la impresión imborrable de un acto repugnante, de una mujer desfigurada por las gesticulaciones del dolor; y hubo de hacer un gran esfuerzo sobre sí mismo para besar a esa criatura que acababa de ver salir al mundo entre un montón de inmundicias, con la cara violácea por la casi estrangulación que la infligían las vueltas al cuello del cordón umbilical. Luego, la imposición de ese nombre, imagen para él de la persona más repulsiva, recuerdo constante del origen rastrero de su mujer... Y esos primeros tiempos de la infancia que, en las familias de la clase media —desprovistas de la sana naturalidad con que en el pueblo se acogen los acontecimientos naturales, y faltas de las comodidades que en otras esferas más elevadas allanan los pormenores del vivir— se reducen a un cúmulo de molestias e inconvenientes: los pañales sucios, la perita de goma[25] sobre la mesa del comedor,

25. *perita de goma*: objeto de goma, en forma de pera, utilizado para poner enemas o lavativas, práctica muy utilizada en la época para remediar problemas del aparato digestivo, frecuentes en los niños.

el llanto continuo de los cólicos que no se saben evitar, las criaditas zafias y respondonas... Y, por encima de todo, la dejadez de la madre, a quien las malas noches, el temor a estropear un traje bueno y el atavismo del "ya, ¿para qué"? llevan, poco a poco, insensible e irremediablemente, a convertirse dentro de casa en un ser sin edad, y hasta sin sexo, fuera de ciertos momentos cada vez más animales; en un ser cuyo ambiente natural son los griteríos con las muchachas, los berrinches para sí y para los demás... Y Luis, sin querérselo razonar, acumulaba en su fuero interno todos sus rencores sobre la niña, primera causa visible de la falta de armonía de su existencia.

¡Cuán lejos se hallaba del ideal exhibicionista en que Salud cifraba toda su alegría maternal!

El primer domingo en que Salud, restablecida después del parto, hallóse dispuesta a pasear, el llevarse a la niña al salir fue un hecho natural, que a ninguno de los dos se le ocurrió ni proponer ni evitar. No era cosa de cansarse. Como el día había sido sofocante, salieron ya anochecido, llegaron hasta la Moncloa, y se sentaron a la vuelta un rato en un puesto de Rosales.[26] Luis no había agotado todavía la sensación de orgullo que le producía su situación de joven padre de familia; Salud, robustecida por su maternidad, estaba muy guapa, y su marido se sentía ingenuamente halagado por las miradas de admiración que despertaba. Un mendigo, de cara agitanada, tullido y echado en el suelo, agradeció una limosna diciendo: "¡Que Dios le conserve su suerte, señorito!". En un grupo de modistillas jacarandosas oyó decir a su paso: "¡Vaya una pareja *pa* quitarle a una el sueño, chicas!".

---

26. *puesto de Rosales*: se refiere a un quiosco de bebidas, con terraza de veladores, de los muchos que había —todavía hay— en este paseo madrileño, muy frecuentado en verano por el frescor del inmediato parque del Oeste.

Y sintió henchírsele el pecho con este pensamiento: ¡si me vieran mis padres!

Y todo el verano, el paseo dominical constituyó una fuente de satisfacciones casi tan grande para el marido como para la mujer; consuelo para los dos de las molestias, cada vez más numerosas, de la semana. Madrid, desierto, ofrecía en sus días de fiesta el sedante de su provincianismo.

Los primeros fríos trajeron las primeras dificultades. Era imposible llevar a la niña a sitios demasiado aireados; y una tarde de teatro en que el llanto sempiterno de la nena atrajo sobre sus padres las iras y bromas de todo el público, tomó para Luis proporciones de episodio dramático.

Un domingo, Luis, a quien la presencia de doña Ascensión durante el almuerzo había dado provisión de reconcentrada energía, anunció, con voz que quería parecer tranquila, tener cita con un amigo. No era verdad; pero pensaba ir al café a reunirse con un compañero amante del billar y que sabía dedicarse infaliblemente todas las tardes libres al placer de las carambolas.

Llovía a cántaros. Salud no objetó nada.

En el café, por una rara casualidad, el amigo no estaba. Luis se aburrió concienzudamente hasta la noche —era fin de mes y no podía meterse en muchos gastos— y regresó a su casa decidido a no volver otro día a tan divertido programa.

Durante toda la semana, Salud estuvo de un humor admirable. El domingo siguiente almorzaron solos; por una excepción verdaderamente asombrosa —Salud entendía poco de cocina, y la criadita menos— la comida fue bastante aceptable y el café no estaba ni frío ni demasiado claro. El tiempo además era espléndido.

Salud esperó a que la chica marchase a la cocina para iniciar su plan:

—¿Vas hoy también con tus amigos?

—No... ¿Por qué? —respondió Luis vacilando.

—Porque, ¿sabes lo que he pensado?

—Tú dirás.

—Pues que deberíamos ir a visitar a tus tíos. Se han portado muy bien cuando la boda, y seguramente tomarán a mal el que no hayamos ido todavía.

Luis recordó los improperios que, en sus momentos de rabia, lanzaba Salud contra «esos roñosos que nos mandan lo que no habrá querido el trapero»; pero, varios meses de vida conyugal le habían hecho ya bastante diplomático, y se guardó para sí esta inoportuna remembranza.

Cierto es que, ya que habían aceptado el obsequio, lo natural hubiera sido hacer siquiera una visita de cortesía. Mas ¡estaba tan lejos la terracita de la calle de la Princesa del suntuoso piso de Príncipe de Vergara en que los tíos recibían a lo más florido de la alta sociedad!...

Salud, con su fino instinto de mujer, advirtió al punto lo que pasaba tras la frente preocupada de su marido.

—¡Cualquiera diría que te avergüenzas de mí!

—No, mujer; ¡qué absurdo!

—Sí, todo lo absurdo que quieras; pero antes tú estabas siempre metido en casa de tus tíos y...

—¿Quién te ha contado eso?

—Tú mismo, que me has dicho cien y mil veces que almorzabas allí todos los domingos. Si es porque hice la tontería de hacer caso de tus zalamerías y dejarme coger antes de casarnos, pues lo dices. A mí, al menos, nadie puede decirme nada, y ¡vete a saber lo que harán la tía y la primita! Entre esa gente, ya se sabe: la que no se acuesta con el lacayo se acuesta con el...

—Bueno, mujer, bueno. Arréglate y vamos.

A todo trance había que evitar la escena de celos —unos celos de la familia que la mordían más que si fueran de otra mujer— y el consabido ataque de nervios. Después de todo,

Salud, bien arregladita, tenía muy buena apariencia, y tal vez fuese efectivamente mejor reanudar con su antiguo medio. Al fin y a la postre, no era él el primero casado en esas o parecidas circunstancias, y el encontrarse en una posición mucho más modesta que los suyos no era ninguna deshonra.

Al entrar en casa de sus tíos, Luis iba casi serenado. Salud, de obscuro, resultaba bastante distinguida y estaba verdaderamente hermosa.

El criado que abrió la puerta, un criado viejo que Luis recordaba desde siempre, saludóle con efusión:

—¡Usted por aquí, señorito! ¡Cuánto tiempo que no se le veía! ¡Qué nena tan preciosa!

—¿Están los tíos?

—Sí, señorito. En el gabinete.

La acogida de los tíos fue menos cordial que la del criado. También Luis se sentía extraño en esa casa en la que hacía apenas unos meses entraba como en la suya. La tía Mercedes, una señora muy recompuesta, inspeccionaba al matrimonio, y a la niña y a la niñera, a través de unos impertinentes de concha, de mango muy largo, con la misma tranquilidad que si, en vez de personas, se hubiera tratado de objetos curiosos o nunca vistos. El tío Gonzalo, un señor de barba cana cuidadosamente partida, muy acicalado, y que presumía de flema britana, chupaba despacito su habano, contentándose con subrayar con gestos de cabeza y algún que otro "¡vaya!, ¡vaya!" poco comprometedor los párrafos de la conversación. En cuanto a la prima, una chica espigada, bastante mona y *ultrachic,* a quien llamaban Menene para distinguirla de la madre, miraba insistentemente a la niñera, con una ironía que no se tomaba siquiera la pena de disimular.

Y se percibía, bajo las palabras banales y corteses, un desprecio tan grande, tan rotundo, que Luis, espoleado en su orgullo, tomó a su vez su aire más altivo, y decidió dejar bien

113

sentado que se trataba meramente de una visita de cumplido, y que a él, ni le importaban sus tíos y primos, ni falta que le hacían.

Pero Salud estaba deslumbrada. Era la primera vez que entraba en el gran mundo. En esa casa en que la elevación social rezumaba por todos los detalles, desde el frac del criado que abría la puerta, hasta una fotografía de una infanta dedicada y colocada sobre una mesita, recordaba cuántas veces había leído los nombres de los dueños en los ecos de sociedad, y, al pensar que ahora eran de su familia, sentía como un desvanecimiento. Al saludarla, el tío Gonzalo, siempre muy britano, le había besado la mano, cosa que ella sólo había visto en el cine; la sequedad de la tía Mercedes se le antojaba el colmo del tono aristocrático, y nada ni nadie hubiéranla podido convencer de la intención desdeñosa de la sonrisa de la prima. La niñera lucía ese día un delantal nuevo, más bordado aún y almidonado que de costumbre: Salud estaba tranquila, podía presentarse en todas partes.

Se hablaba de los padres de Luis, y la tía, cada vez que los citaba, suspiraba: «¡los pobres!, ¡los pobres!», igual que si se hubiera referido a gentes abrumadas bajo el peso de la más terrible desgracia.

Entró como una bomba Alvarito, el primogénito, un cretino que dedicaba su vida a ganar campeonatos deportivos. A fuerza de andar entre *jockeys,* tenía la mentalidad, y hasta el habla, de un palafrenero. A Luis le había inspirado siempre un desprecio olímpico.

—¡Hola, chico! ¡Dichosos los ojos!... ¿Ésta es mi prima? ¡Caray, qué guapa! ¿Y el rorro? Bueno, a mí, con los rorros, me pasa lo que con los negros: todos me parecen iguales.

—Luis es un padre ejemplar —terció Menene—. El papá, la mamá, la nena y la chacha.

Rieron los dos hermanos estrepitosamente. Salud escuchaba reverente algunos consejos que le dictaba la tía

114

Mercedes desde lo alto de sus impertinentes. Luis sintió una oleada de sangre agolpársele en las mejillas. Se puso en pie. Pero, en aquel instante, la niña rompió a llorar con desconsuelo. La niñera comenzó a pasearla con un «¡ea!, ¡ea!», completamente ineficaz.

—Es que *quie* que la muden —dijo por fin la chica con su acento de pueblo.

Y ya se instalaba para la operación.

Luis, impaciente, dijo furioso:

—Bueno, pues se la mudará fuera.

Y se despidieron.

—Vengan cuando gusten —dijo la tía Mercedes, con una sonrisa que parecía la mueca de una calavera—. Viniendo temprano, no tengo nunca a nadie.

Salud prometió volver pronto. Luis, silencioso y hosco, recordaba que antes su tía le mandaba ir precisamente cuando había gente, para ayudar a hacer los honores.

Salud avanzó la cara para besar a sus nuevas parientas. Ellas se dejaron besar con afectación.

Al dar la mano a Luis, Menene, que había tenido un conato de *flirt* con su primo, le dijo con sorna:

—¡Enhorabuena! Es verdaderamente la mujer que te hacía falta.

Alvarito bajó con ellos. Se inclinó hacia Luis, hablándole al oído:

—Oye, quiero recordar a tu mujer y no sé de dónde. ¿No trabajaba en un taller de la calle del Barquillo o de por ahí?

—Mi mujer no ha trabajado nunca en ningún taller.

—¿No? Pues estaré confundido. Pero *compliments, mon cher.* ¡Buena jaca!

Y dirigiéndose a Salud que los precedía:

—¿Sabe usted lo que le estoy diciendo a este ganso? Que tiene más suerte que un caballo de carreras.

Salud se echó a reír y exclamó con desenfado:

—¡Ay qué guasa!

—¡Que va a ser guasa! Vale usted su peso en oro, palabra.

La miraba de arriba abajo, como hubiera hecho con una de sus conquistas callejeras. Ella, encantada, reía a carcajadas. Luis cortó bruscamente:

—Bueno, ¡adiós!

Y echó a andar rápidamente hacia la calle de Alcalá, sin fijarse si su familia le seguía.

No recordaba haber experimentado nunca impresión tan desagradable. Y no sabía a quién en aquel momento odiaba más: si al imbécil de Alvarito, que trataba a Salud como a una modistilla, o a ella, la estúpida, que no se daba cuenta siquiera de los desprecios que le hacían.

—Oye, ¿se puede saber qué te ha dado? Porque ni la chica ni yo podemos seguirte. Pero ¿qué te pasa, hombre?

—Nada.

—Pues no lo parece. Se conoce que a ti, como estás siempre de mal talante, te molesta que uno se ría. El chico no se ha propasado; un piropo lo echa cualquiera, y entre familia...

—Mira, cállate.

—¿Que me calle? No me da la gana. A ver si una no va a poder siquiera echar la palabra del cuerpo.

La voz, de por sí bronca y chillona, subía insensiblemente de tono. Algunos transeúntes volvían la cabeza. Luis hizo un esfuerzo por dominarse y suplicó:

—No me encuentro bien. Calla.

Su mujer le miró extrañada. Luego, con gesto chulón, le guiñó un ojo a la niñera, llevándose un dedo a la frente. La chica soltó una carcajada.

Entraron en el Retiro y se sentaron en un puesto de refrescos del paseo de coches. Mientras venía el camarero, Salud se desabrochó la blusa y, con la santa tranquilidad de las mujeres que viven lo mismo en la calle que dentro de casa, acalló el lloriqueo de su hija.

Nelken con sus hijos Magdalena y Santiago.

MARGARITA NELKEN

TRES TIPOS DE VÍRGENES

CON UN RETRATO DEL AUTOR

CUADERNOS LITERARIOS

Portada de la primera edición (Madrid, 1929).

Desfilaban por el andén central los autos y los coches de lujo con mujeres elegantes y señores distinguidos. Por el andén de los caballos, algún que otro jinete pasaba presumiendo. En las avenidas, había una muchedumbre de niños ricos vigilados por institutrices y doncellas, y de pequeñuelos en cochecitos llevados por amas enjaezadas como mulas de romería. En las demás mesas, otras familias modestas, el padre aburrido, la madre de mal humor, los chicos endomingados y traviesos.

Luis miraba fijamente ante sí con el ceño fruncido y la boca prieta, como si divisase en el fondo de su *bock*[27] todo su porvenir.Un porvenir inevitable y fatalmente igual al de esos hombres que le rodeaban: trabajar toda la semana en un trabajo insulso, sin interés, noria a la que había que dar vueltas para conseguir un pasar sin comodidades materiales ni satisfacciones morales; el domingo, un paseo con una mujer que era la suya, pero a la cual nada le unía, de quien, por el contrario, sentíase cada vez más alejado. Pasarían los años; su mujer perdería hasta el atractivo sexual, y sería ya únicamente la carga, la encarnación de un deber molesto, un deber sin compensaciones. La niña, probablemente, ya no sería sola; vendrían más hijos, no a colmar y bendecir una vida de alegre trabajo y de íntima compenetración de dos seres unidos para compartir las penas y las dichas, sino a hacer aún más estrecha, más fatigosa, más falta de paz y de armonía, una existencia sin ilusiones y sin ideal. ¡Qué injusto pagar con toda la vida el error, la inexperiencia de los pocos años! Y Luis, ajeno a cuanto había en torno, no oyendo siquiera a Salud que, sin reparar en que no estaba en su cocina, reñía a la chica ásperamente en voz alta, Luis seguía haciendo el balance de su existencia.

Había roto por completo con su medio. Exceptuando a los que llamaba *los suyos,* sus padres y hermanas, nunca le había

27. *bock*: en alemán, vaso de cerveza.

importado este medio, y ahora lo despreciaba más que nunca; pero le escocía como una bofetada el sentirse despreciado por él. No podía él resignarse a ese papel de pariente pobre aceptado por Salud con tanta facilidad, y hasta con júbilo: con el júbilo con que, cuando dependienta, se envanecía llamando «señora marquesa» a alguna parroquiana que le hablaba con tono protector. Pero tampoco le era posible resignarse al ambiente natural en los de su nueva posición; y pretender aproximar a él a la hija de la señora Ascensión era tan imposible como el pedir que diesen claveles los castaños del Retiro. Ahora comprendía la vacuidad de sus sueños de novio, cuando pensaba en *educar* a su mujer. ¡Educar a su mujer! La idea sola hacíale ahora sonreír lastimosamente. El barniz de ciertos usos, cierta exterioridad más afinada, sí, eso era fácil y no había mujer que no los adquiriese en seguida; pero esos sentimientos bajos, mil veces peores en el vivir cotidiano que los actos infames; esa mezquindad calculadora que lo pesaba todo en un peso de utilidad inmediata; ese prosternarse[28] ante el dinero que la hacía enorgullecerse de la amistad de una comprometida y rebajarse melosamente ante el desprecio de unos parientes ricos; y, sobre todo, esa certidumbre en su propia situación, esa infalibilidad para juzgar todo lo que consideraba por debajo de sí, y ese sentimiento de sus derechos, un sentimiento de dominio absoluto que le hacía considerar a su marido como cosa suya, suya por siempre y a pesar de todo, con obligación de ser, ante todo, marido suyo...

Levantóse la familia de la mesa de al lado. El padre, siempre aburrido, esperó un rato a que su consorte, gruesa y antipática, se estirase la falda; luego, ella se colgó de su brazo con un gesto de amo que pone la mano sobre uno de sus bienes, y echaron a andar lentamente, inevitablemente juntos y

---

28. *prosternarse*: postrarse, arrodillarse.

separados, seguidos de varios chicos anémicos y mal educados, y de una criada zafia y desmelenada.

Luis se estremeció, como cuando de niño, al bañarse en el mar, pensaba en un ahogado que había visto sacar una vez, hinchado y medio comida la cara por los cangrejos. No; ¡eso no!... ¡Eso nunca! Era todavía demasiado joven para condenar toda su vida. No faltaría a su deber, no; más que Salud, guardábale de ello su hija, esa criaturita por quien no sentía gran cariño, pero que le infundía lástima, nacida de seres tan poco acordes. Había oído decir que las hembras salían al padre; sus hermanas tenían, efectivamente, muchos rasgos del carácter paterno, y le conmovía el pensar que la hija de Salud, la nieta de la señora Ascensión, pudiese sufrir un día por todo lo que él sufría en aquel momento. No, no sacrificaría a esa pobre niña a su propia tranquilidad. Pero se salvaría sin abandonarla. Estaba seguro de hallarse todavía a tiempo. Lo esencial era, en lo moral, separarse radicalmente de su mujer. Puesto que ella era incapaz de alcanzarle, no dejarle, al menos, poder para rebajarle hasta ella, como venía haciendo insensible y, sin duda, inconscientemente, durante estos meses en que él —ahora lo comprendía— se había dejado arrastrar por el ambiente de la casa. De la casa que —también lo comprendía ahora— era siempre, fatalmente, obra exclusiva de la mujer.

Sí, se salvaría. Ella, seguramente, ni lo advertiría siquiera. Y él, ya que no la paz interior del medio adaptado, tendría, por lo menos, la satisfacción de su solitaria independencia, lejos del ambiente que no era el suyo y amenazaba aplastarle bajo la vulgaridad de todos sus detalles y todos sus minutos.

—Bueno; ¿vamos? Ya refresca y la niña se va a constipar.

Él sin responder, llamó al camarero.

—Sí que estás simpático, insistió Salud agriamente. Da gusto salir contigo.

119

Tomaron el tranvía con mucha dificultad: venían todos abarrotados de gentes que bajaban de las Ventas. Salud, halagada en su vanidad por las miradas de deseo de los hombres, sentíase postergada viendo a otras mujeres menos hermosas ataviadas con más lujo, y paseándose en coche o en automóvil.[29] Al llegar a casa, tuvo que desnudarse aprisa para preparar la cena. Disputó ásperamente con la criada. La niña, en su cunita, lloriqueaba sin parar. Luis la cogió y, muy dulcemente, se puso a pasearla, apoyando contra su cara la suave mejilla de la nena.

---

29. *en coche o en automóvil*: aquí se muestra la diferencia existente en la época entre ambos vehículos. El coche era de tracción animal, tirado por uno o varios caballos.

SEGUNDA PARTE

I
LAS SOMBRAS SE ALARGAN

Hijo mío querido:

Te sorprenderá seguramente el ver mi letra en lugar de la de tu padre. Pero el pobre está muy decaído desde hace ya bastante tiempo, y hay que ahorrarle cualquier esfuerzo, hasta el más mínimo. No te alarmes, pues no creo sea para tanto; don Ruperto dice que no se trata de ninguna enfermedad determinada, que es un agotamiento cuyas causas son menos físicas que morales.

Nunca te dijimos nada por no agobiarte, comprendiendo que bastantes preocupaciones tendrás ya por tu cuenta y, sobre todo, por no turbar la serenidad que necesitas para llevar a buen fin tus estudios; pero, estos últimos años, los disgustos han menudeado en casa; parece que el Señor, que tantos beneficios de paz nos dispensó antes, ha dispuesto la hora de probar nuestra resignación. "El Romeral" ya no es nuestro; lo hipotecamos cuando te casaste, y no ha sido posible levantar la hipoteca. No te disimularé que éste ha sido un golpe muy fuerte: allí nacisteis todos, allí murieron mis padres.

121

¡En fin!... Por otra parte, las últimas cosechas no han podido ser más pobres, y los jornales de los braceros han triplicado. Y ya sabes cómo es tu padre, que prefiere quedarse sin pan, antes de que alguien de su gente llore pudiéndolo él evitar. Todo ha menguado, salvo los socorros y las limosnas.

Las niñas ya van siendo mujercitas; triste es el porvenir que les espera, pues por aquí pocas son las proporciones que se habrán de presentar y, para unos padres, ya comprenderás que el tener que ir pensando es acercarse a Dios dejando sin colocar a las hijas, es una cavilación bien grande. Yo, todas las mañanas, voy ante todo a misa, según mi costumbre de siempre, y allí pido al Señor me conceda fuerzas para acatar su Santa Voluntad. Pero, a tu padre, parece que se lo comen las penas; nunca se queja y cambia por momentos.

No puedes figurarte, hijo mío, cuánto me cuesta tener que decirte estas cosas; nunca te las hubiera dicho, de no tener que explicarte por qué nos es de todo punto imposible enviarte lo que nos pides. Bien sabe Dios que lo hago con el corazón sangrando, y que si pudiera mandarte alguna alhaja para que la vendieras, lo haría.

¿Por qué no vas a ver a tus tíos? Tía Mercedes se me quejó, hace ya tiempo, de no verte nunca. Para ella, esa cantidad nada significa.

¿Y tus estudios? ¿Los abandonaste? Piensa, hijo mío, que todavía estás a tiempo de labrarte un porvenir, menos estrecho que la existencia que llevas hoy. Y que todavía puedes rehacer tu vida. De nosotros, poco podrás recibir ya nunca, y tienes cargas y responsabilidades que te obligan a no desmayar. Piensa en tu padre, en la vida de trabajo que siempre ha llevado por los suyos. Mucho me inquieta no digas nada en tus últimas cartas de aquellos estudios que empezaste con tanto afán el

122

año pasado. ¿Es qué no ha llegado todavía la época de exámenes?

Tu padre os bendice. Cariñosos recuerdos de tus hermanas, y te abraza con toda su alma tu

Madre.

Luis guardó la carta en el bolsillo de la americana, y se recostó en la butaca de mimbre, apoyando la cabeza en la balaustrada de la terraza.

La única impresión que al pronto le producía su lectura, impresión clara y rotunda, era lo referente a la salud de su padre. Su padre estaba *muy decaído.* Y el médico hablaba, sobre todo, de *agotamiento moral.* Entre las líneas, nerviosas y precipitadas, revelando bajo la esforzada serenidad de las frases el tormento del alma, de la carta que acababa de recibir de Peñaluz, Luis leía el silencioso y pertinaz reproche al hijo frívolo que había sacrificado todas las ilusiones de los suyos a la satisfacción de un capricho, a la pendiente de una aventura de estudiante. Su padre era lo que más quería en el mundo. El respeto que le infundía su madre era tan absoluto, que dominaba todos los demás sentimientos y que, aun de pequeño, cuando pensaba "mamá" sentía más bien respeto que cariño. Con su exterior a lo Sánchez Coello,[30] con la inquebrantable majestad de su porte, doña María del Rosario parecía recordar siempre, a todos y en todo momento, la nobleza de su linaje, que ella misma nunca olvidaba. No es que fuese orgullosa; por el contrario, hablaba siempre con gran llaneza, y hasta con afabilidad; pero era la afabilidad de las reinas que se dignan interesarse

---

30. Alude al aspecto grave de los personajes de este pintor, Alonso Sánchez Coello (1531-1588).

por los simples mortales. Su misma religiosidad, extremada, fanática, tocada de un histerismo que la hacía convivir de continuo con Dios y su corte, y hablar del Señor y de la Virgen casi con intimidad, como segura de sus más secretos designios; su misma devoción tenía matices de superioridad de casta, y la humildad de su fe, antes que anulación ante el poder divino, era convicción de las relaciones que cumplía observar entre una Infiesto y Álvarez-Moyano y la religión de sus antepasados.

Pero, para preferir a su padre, Luis tenía una razón todavía más poderosa que la falta de confianza con su madre; y era que, mientras ésta, considerándolo como el más primordial de sus deberes, había querido siempre pesar sobre su conciencia para ajustarla, en todos los órdenes, a lo que ella creía ser el único camino recto, su padre había sido siempre, antes que mentor, amigo; un amigo mayor que puede dar buenos consejos, a quien, por su edad, se guarda respeto, pero a quien también se puede hablar con toda franqueza.

Desde muy niño, Luis había comprendido, instintivamente, que el cariño de su padre, aunque desprovisto de la efusión de las frases amantes de las mujeres, era, por lo menos, tan hondo como el de su madre. Mientras su madre le sentaba en su regazo y le besuqueaba, llamándole con esas apelaciones tan dulces que suben a ratos a los labios de todas las madres, aun de las menos efusivas, su padre se contentaba con acariciarle levemente la cabeza; pero este gesto constituía para el niño la más inefable y tierna de las caricias. Más tarde, cuando, en vísperas de algún examen, su madre le anunciaba una comunión, una novena, y hasta alguna mortificación para que la Providencia le acompañase, él, aunque agradeciéndolo, sentíase más protegido por la bendición que sabía que su padre formularía mentalmente al despedirle. Más tarde aún, cuando comenzó a mirar en su derredor con los ojos abiertos, el primer gran sentimiento que llenó su alma fue el de la bondad de su padre: una bondad ingenua y bienaventurada, que le impedía desconfiar de nadie, que le hacía prestar ayuda, aun con sacrificio, a todo el que venía a gimotearle con burdos cuentos de apocalípticas miserias; una bondad que parecía diluirse en torno y que se apoderaba de todo, hasta del carácter tan entero de doña María del Rosario, vencida siempre por esa floración franciscana que alfombraba con su eterna suavidad la agudeza de los golpes y de las desgracias.

Para muchos, esa bondad unánime de don Miguel, a quien se podía impunemente robar y burlar, era falta de sentido práctico, y hasta falta de verdadera inteligencia; pero Luis, desde muy temprano estrechamente unido a su padre, comprendía que don Miguel era una de esas almas privilegiadas que pasan por el mundo llevando, hasta su último momento, el tranquilo candor que veda pensar en aquello que uno no sería capaz de hacer.

Un día que Luis —tendría unos diez y seis años por entonces— había contraído unas pequeñas deudas, cuya reclamación llegó hasta el padre, éste, sin reñirle, hablóle como a un hombre del decoro y de la propia estimación, y acabó con estas palabras: "Pero si, a pesar de todo, alguna vez te encuentras en un apuro, no le pidas nunca dinero a nadie más que a tu padre". Ahora, al cabo de muchos años, Luis, necesitado de treinta duros, los había pedido a su padre, alegando un pretexto fútil, y recordando jesuíticamente aquellas frases.

La carta de su madre le anonadó. Pensó en la posible desaparición de su padre como en la posible falta de aire para respirar. Aunque lejos, don Miguel era toda su fuerza. Le parecía que, por muy grande que fuese la adversidad de su sino, nunca estaría aislado, desamparado, mientras tuviese, allá, en la casona provinciana, al ser con quien sabía que podía contar incondicionalmente, y que sabía encontraría siempre en su cariño bastante comprensión para absolverlo.

Por vez primera, comprendía ahora netamente que él, antes que hijo de familia, era a su vez un jefe de familia que tenía por sí mismo que responder de otras vidas. Debía contar ya únicamente con sus propios medios y, dentro de poco, *tendría forzosamente* que contar tan sólo con ellos. Esta negativa de una cantidad que necesitaba de momento, alcanzaba una significación harto más grande que la de la preocupación económica: le aislaba en la vida, le recortaba en el plano que era el suyo, pero del cual no se había dado todavía cuenta.

Sin definírselo, Luis sentía de este modo su tristeza por el mal estado de salud de su padre agudizada hasta el malestar físico por la impresión de pena para consigo mismo. Ciertas palabras de la carta de su madre repetíanse en su imaginación tozudamente: "desde que te casaste..." Dibujósele con pasmoso relieve el drama de su matrimonio, lo que su matrimonio tenía que haber sido *allí...* Y un afán tremendo de que *aquello no fuese,* de que *no hubiese sido,* de desandar lo andado, le hizo apretar los puños como en un reto.

"Todavía puedes rehacer tu vida..." En sus cartas a Peñaluz, nunca se había quejado de la trivialidad y estrechez —estrechez más aun moral que de presupuesto— de su existencia, pero la sutil adivinación maternal había sabido descubrir, a través de las frases que él creía banales, toda la horrenda tristeza de los desengaños monótonos y sempiternos. La nueva de la prosecución de sus estudios, que él pensaba haber presentado como prueba patente de la animación de su espíritu, había tenido para la alerta sagacidad de su madre su verdadera significación de desesperada intentona por salir a flote, por deshacerse de la opresión que amenazaba ahogarle.

¡Rehacer su vida!... Y la noticia de la pérdida de "El Romeral", la finca mitad casa solariega y mitad casa de labor,

traíale en ese momento, antes que el sentimiento de saber
que ya no era de él lo que tan íntimamente formaba, desde
siempre, parte de su vida; antes que el de pensar que había de
pertenecer a otros, con todos sus recuerdos de intimidad familiar; y antes que el sentimiento de la herida infligida a la
tradición de los suyos —¡cómo debía sangrar el orgullo de
doña María del Rosario bajo el histerismo de las piadosas
conformidades!—, traíale el dolor punzante de una evocación
desmenuzada en impalpables comparaciones: los cuartos am-
plios, penumbrosos, llenos de frescura y de silencio; la huerta solitaria, rebosante de las sanas fragancias de las frutas, en
donde se retiraba en sus largos accesos de estudio y de me-
ditación —"Luis hoy está de trapense, decían las niñas"—;
el vasto comedor, de baldosas recién fregadas y persianas
bajas, en que las comidas se deslizaban en gestos tranquilos,
con largas pausas y alegría sin estrépito, cual baño de bienestar espiritual, y el piso reducido en donde ahora tenía que
hacer prodigios de voluntad para serenarse: las habitaciones
demasiado claras, en que siempre vibraba una voz agria o
destemplada de mujer que ignoraba los beneficios de silencio y se mofaba de sus arrechuchos de lectura.

"Luis está de trapense...", y las niñas, aleccionadas por la
madre, iban a jugar a otro lugar distante de aquél en que se
encontraba, y sus padres, si por ventura uno de ellos pasaba
junto a él, le sonreían sin interrumpirle. Y ahora: "¡Ni que
escribieras el *Quijote,* hijo!..." "¡A ver si no voy a poder hablar en mi casa!..." "¡Pues aquí hay que entrar a tender!..."

¡Rehacer su vida! ¡Ay, quién pudiera desandar lo andado
y hacerse la vida que todo le brindaba fragante y luminosa,
como una visión de la huerta de "El Romeral"!

Pero ya, ni "El Romeral" existía...

Luis volvió a leer la carta.

Su madre hablaba repetidamente de sus estudios, pre-
guntaba insistentemente por ellos. Cuando había anunciado

su propósito de acabar la carrera y de hacer más tarde oposiciones a una cátedra, su padre le había contestado asegurando que los dos verían con júbilo llevase a buen término el proyecto, y ofreciéndole algunas cartas de recomendación para cuando el caso llegara. Su madre, en las cortas esquelas que le enviaba, nada había dicho sobre el asunto, y Luis, algo mortificado, había atribuido ese silencio a incomprensión de lo que significaban exactamente sus propósitos. Ahora percatábase de que, bajo la reserva habitual en su madre, palpitaba un interés muy vivo por el porvenir del hijo que comprendía desventurado. Un interés ya convertido en inquietud.

Pero ¿cómo estudiar? ¿Cómo abstraerse en la preparación de un porvenir lejano, cuando el presente inmediato reclamaba constantemente su atención?

Unas semanas antes, el azar de un asunto le había llevado a uno de estos cafés provincianos que ya no existen en casi ninguna capital de provincia, pero que perduran, cual reliquias del tiempo de las conspiraciones pro República y Libertad y de los cenáculos románticos, en varios puntos de Madrid. Recorrió las tres pequeñas habitaciones que constituían la antigua botillería. La persona que le había citado no había llegado aún, y ya se disponía a dar una vuelta para hacer tiempo, cuando, en el ángulo más extremo y recóndito, resguardado de las intrusiones importunas por el saliente de una ventana, se encontró a Fermín Imaz, un antiguo compañero de Universidad, un bilbaíno que añoraba perpetuamente el deambular por Siete Calles[31] y el chacolí del Zollo,[32] y cuyo nombre comenzaba a sonar en conferencias y al pie de trabajos en publicaciones serias. En la Universidad habían

31. *las Siete Calles*: se refiere a las siete calles situadas en torno a la iglesia-catedral de Santiago, que forman el casco antiguo de Bilbao.
32. *Zollo*: pequeño pueblo, próximo a Durango (Vizcaya).

intimado poco: a Luis y sus amigos, el vasco, siempre metido en bibliotecas y en el Ateneo, parecíales un pedante, e Imaz no recataba el desdén que le inspiraban los estudiantes novilleros.[33] Saludáronse, empero, con esa efusión que se demuestra a quien inopinadamente le recuerda a uno tiempos más jóvenes.

Tras grandes palmadas en la espalda vinieron las preguntas sobre los respectivos rumbos de sus vidas, un tiempo, en cierto modo, paralelas.

—Ya sé que vas viento en popa —exclamó Luis, extrañado de encontrarse trabajando en un café al compañero que se imaginaba ya en posesión de todas las satisfacciones del éxito.

—Psch... En este pueblo de cafres —silabeó el otro—. El hombre de estudio necesita medios. Eso de que el escritor ha de ser un bohemio enteco y comido de mugre, es una idea castellana, que proviene del mismo zurrón que los pícaros, el ascetismo, los hidalgos muertos de hambre y el paisaje sin árboles. El intelectual necesita precisamente más que nadie sentirse desligado de preocupaciones materiales, y, para ello, no hay más que un medio: tenerlas resueltas. A ningún inglés se le ocurriría como norma de vida renunciar a las comodidades, sino luchar hasta conseguirlas. Pero aquí, la mendicidad nos ha llevado a creer que el ideal del mendigo era el más noble. Ya ves, yo aquí, con mis cuartillas, en un café... ¡Cualquiera hace algo!...

—Sí, es verdad; necesitarías tu casa.

—Y la tendré. Estoy gestionando un puesto de redactor-jefe en una revista de Bilbao. Si me sale, me caso, y ¡a trabajar tranquilo en una casa encerada, y con buena alimentación!

—¿Te irías a provincias?

33. *novilleros*: estudiantes que "hacen novillos", es decir, que no asisten a clase sin motivo justificado.

—Bilbao no es provincia —afirmó Imaz rotundamente—. Más provincia es Madrid, sin puerto para asomarse a Europa. Y además, ¡aunque lo fuera! En un pueblo, y tranquilo y confortable, te establezco yo un sistema filosófico. Pero en Madrid, entre la patrona, la alcoba inhabitable, la comida digerida a fuerza de bicarbonato, y ese sol que atonta, y esa gracia que hace veces de formalidad, de honradez, y hasta de pudor...

En ese momento llegó la persona que Luis esperaba, y se separaron.

Luis no volvió a pensar más en Imaz, cuya acritud le era poco simpática, pero hoy, por inconsciente asociación de ideas, recordó su encuentro con el vasco. ¡Quién sabe! Tal vez estuviese ahora en Bilbao, en su casita de piso obscuro muy brillante, trabajando en alguna obra que habría de hacer de él una de las grandes figuras de su tiempo, mientras una mujer, lista y hacendosa, con esa inteligencia del bienestar casero que en el Norte vase acercando ya al verdadero *confort,* borrase ante sus pasos del hombre de estudio las pequeñas miserias de la vida. Y también era posible que Imaz no hubiera realizado su ilusión, y que el chico continuase su existencia de bohemio involuntario.

Luis evocó el café desierto, de penumbra suavemente acogedora; el montón de cuartillas ya escritas sobre el velador de mármol, defendido de los intrusos por el saliente de la ventana... Y su espíritu, alejado de la penosa impresión de la carta de su madre, complacióse, con la complacencia con que uno se recrea en la contemplación de una llaga que le hace sufrir, en imaginar los improperios que la bilis de Fermín Imaz desencadenaría, de estar el futuro filósofo condenado a meditar y a ordenar sus meditaciones sobre una esquina de una mesa de comedor, entre los inevitables intermedios de las disputas de la cocina, o el estruendo de la máquina de coser, o el llanto de un niño...

—¡Ya decía yo que estarías en la terraza!

Luis tuvo el estremecimiento que se tiene cuando se es despertado bruscamente. Se desperezó. Ya no sabía a punto fijo si había dormido.

La voz impacientada de su mujer volvióle de pronto a la realidad:

—Pero ¿no ves quién está aquí?

—¡Ay!, perdón.

Con Salud llegaba Encarna, más estrepitosamente elegante que nunca. Aunque las dos amigas se veían con frecuencia, la ex aspirante a cupletista venía muy de cuando en cuando: la desconcertaba la frialdad apenas cortés de Luis. Esta vez, procuró ocultar su malestar bajo la algazara de una alegría forzada y chillona:

—Me llevo a su familia... La rapto. No se merece usted una nena tan preciosa ni *una señora* tan guapa. ¡Ea, castigado!

—Nos lleva a merendar a *la Cuesta*.[34] Han comprado otro coche —explicó Salud, ufanándose del lujo de su amiga.

Luis estuvo por preguntar si iban solas, y por prohibir esa excursión a costa del amante de Encarna. Pero vislumbró una tarde entera de sosiego, y, con inesperada amabilidad, contestó:

—Muy agradecido, Encarna. Y por mí no tengáis prisa. Voy a trabajar, y lo mismo me dará cenar algo más tarde.

Salud, que temía una veleidad de oposición se escamó:

—Claro, y si tardamos, ¡ahí está la vecinita para ayudarte a pasar el rato!

—¡Huy qué pícaro! —retozó Encarna, moviendo con gracias elefantescas la voluminosa corpulencia que enloquecía al abastecedor—. Conque esas tenemos, ¿eh?

---

34. *la Cuesta*: Se refiere a la Cuesta de las Perdices, paraje próximo a Madrid —en la actual carretera N-VI—, lugar de moda en los años veinte, frecuentado por los jóvenes madrileños de la alta sociedad para lucir sus modernos automóviles.

Luis encogióse de hombros.

—Y ¿de qué vecinita se trata?

—De una sinvergonzona que se ha venido a vivir a la terraza de al lado el mes pasado —contestó agriamente Salud—. Vino con uno, ahora ése ya no aporta por aquí. ¡Pendón más grande!

—En este Madrid ¡se ve cada cosa! —sentenció Encarna—. Por eso Calixto le teme tanto a las mudanzas. Nunca sabe una con quién va a tropezar.

Luis tuvo la sonrisa irónica que tenía siempre que se trataba de la que llamaba burlonamente "la buena jembra". Salud, presintiendo una insolencia, precipitó la despedida:

—Vaya, hasta luego. Por una vez que puede una disfrutar, no es cosa de perder el tiempo.

—Y a ser bueno, ¡so pillo! —recomendó Encarna.

La criada y la niña piafaban de impaciencia. Luis salió con ellas al recibimiento, besó a su hija y, al cerrar la puerta de la escalera, se puso a cantar a voz en grito un cuplé estúpido que le sacaba de quicio cuando lo oía a otros y que en aquel momento le subía mecánicamente a los labios.

Tenía ganas de brincar como un chico. Cogió una silla, y la alzó en vilo. E, iba a repetir el ejercicio, cuando advirtió la infantilidad del hecho.

—¡Estoy loco! —pensó, con una satisfacción que le inundaba todo, una alegría irrazonada que le exaltaba involuntariamente. Reaccionó, y, sacando una mesita a la terraza, se dispuso a trabajar.

No había renunciado a sus propósitos de liberación. Comprendiendo que con "un empleo" —el empleo en que tanto confiaba al casarse—, en sus condiciones, es decir, sin título de ninguna clase, el porvenir había de ser fatalmente algo muy mezquino o muy problemático, quiso estudiar por libre las pocas asignaturas que le faltaban para terminar la carrera de Leyes. Luego se doctoraría, luego haría oposiciones a una cátedra, luego, había mil medios de prosperar económica y socialmente... Y, en vagas perspectivas, dibujábanse ante su imaginación proyectos de periodismo, y hasta de política. ¡Era tan grande el prestigio de los suyos en Peñaluz!... Pero, al llevar a la práctica sus intenciones, faltábale el ánimo. Quiso reanudar las relaciones con antiguos compañeros, con aquellos que recordaba más serios y decididos: con todos le abrumó la diferencia de situación, ese peso de su hogar y su responsabilidad que él arrastraba, mientras los otros sólo tenían que preocuparse en aprovechar sus facilidades de muchachos independientes, cuando no de hijos de familia.

Además, él no podía distraer ni un céntimo del escueto presupuesto de su casa, y se sentía en humillante inferioridad frente a esos chicos de su edad que podían gastarse, si les placía —y les placía siempre—, su mesada[35] en cuatro días, aguantando luego ellos solos sus privaciones.

Sí, el camino de la liberación era más arduo de lo que parecía. Pero, había momentos, como hoy, en que todo se le antojaba fácil. Y así, su medio día de libertad daba a la carta desolada de su madre la fuerza de un incentivo.

La tarde, veraniega y bochornosa, traía hasta la terraza la transparencia del fondo velazqueño de la sierra lejana, y la sutilidad de un aire filtrado en las frondas de la Moncloa. La luz de poniente dividía en dos mitades, una opaca y morada, y otra reverberante, el suelo de ladrillo rojo.

Luis sentía una ligereza que le hacía difícil el aplicarse al estudio.

Recordó las insinuaciones de Salud. La verdad era que nunca se había preocupado lo más mínimo de lo que ocurría en el cuarto frontero. Por su mujer, se había enterado de la llegada de esas "gentes raras", una mujer de pelo corto, "que

---

35. *mesada*: asignación de dinero recibida mensualmente.

no parecía nada bueno", y un hombre mal vestido, "con fa-cha de Judas". Supo asimismo que la mujer no gastaba ni velo ni sombrero, que ni siquiera tenían criada, y que casi no tenían muebles. Luego se enteró —siempre por el mismo conducto, dependiente de un espionaje asiduo en colabo-ración con la chica y la portera— de que el hombre ya no venía, y de que, por lo visto, ni eran matrimonio *ni ná*. Mas, como, para él, los chismorreos de vecindad formaban parte del calvario de las comidas, no sólo no les prestaba la me-nor atención, sino que procuraba no oírlos.

Unas a dos veces había entrevisto a la vecina en la terra-za: una muchacha con tipo intermedio entre obrera y estu-dianta rusa, vestida muy modestamente, no fea, pero tampoco guapa; fresca, eso sí, con una carnación apetitosa de fruta madura, y una cabellera corta y dorada que le daba cier-to aire de andrógino. Luis había saludado cortésmente, y ella había respondido a su saludo con otra inclinación de cabeza no menos breve y seria. Esto había sido todo, y Luis, siem-pre molesto en su casa, y extendiendo su desapego a cuanto con su casa se relacionaba, no había vuelto a pensar en ello.

Las insinuaciones completamente gratuitas de Salud, y las chanzas entrometidas de Encarna, llevaron su imaginación por derroteros hasta entonces desconocidos. Decididamente, esa muchacha tenía algo raro; no parecía una golfa como asegura-ba impunemente Salud; pero tampoco una señorita, y tampoco parecía una artesana. Luego, el episodio de ése que a lo prime-ro parecía, si no su marido, por lo menos hacer con ella vida marital, y que había repentinamente desaparecido. Y fea no era.

Sobre los libros de texto dibujábase la figura de la veci-nita. Luis, interesado al principio, acabó por sentirse obse-sionado. Oíase trajinar al lado; seguramente la vecinita acabaría por salir a la terraza, a respirar, aunque sólo fuese un momento, la pureza del anochecer.

Pero no salió.

Poco a poco, el tono plateado del cielo se hizo rosáceo; después, naranja, y más tarde, por último, azul profundo. Abajo y a lo lejos comenzaron a parpadear las pupilas inquietadoras de los faroles y de las luces de las casas. El tono del ladrillo de la terraza se esfumó hasta quitarle al suelo toda apariencia de consistencia real. La balaustrada, cruda y vulgar a pleno día, adquirió ese aspecto de lejanía romántica que presta la obscuridad a las obras de piedra. Y el aire, por fin, un aire que apenas se atrevía a ser viento, se enseñoreó de la atmósfera demasiado cargada.

La vecina no salió.

Cuando regresó su familia, Luis vio que había perdido estúpidamente una ocasión única de progreso esperando la aparición de alguien que le era indiferente.

II

UN PUNTO DE LUZ

Y sucedió lo que no había sucedido hasta entonces: Luis sintió su juventud exigirle sensualmente el desquite de su fracaso moral.

Antes, sentíase fracasado, sobre todo, a causa de los choques continuos que la mentalidad excesivamente animal e instintiva de su mujer provocaba con su espíritu de él, más afinado y sensible. Ciertas chocarrerías de carácter, la amistad con Encarna, la intimidad y las disputas con la criada, la presencia inevitable de la señora Ascensión, que al principio de su matrimonio le exasperaban, no le hacían ya sufrir *particularmente,* diluidas todas esas asperezas en la constante desazón que le producía ahora, cual fiebre crónica, lo que implícitamente llamaba para sí "la bajeza de su existencia". Pero la mujer se salvaba del fracaso sentimental, y el odio acumulado durante el día frente a la esposa desarreglada y basta, olvidábase durante la noche junto a la hembra placentera que tenía siempre para el hombre el incentivo de algún recuerdo: el del deseo sorprendido en las miradas de los que, en la calle, volvían la cabeza para contemplar a Salud. El sentirse en esos momentos envidiado, hacíale al joven olvidar todas sus miserias.

Mas, poco a poco, esta misma parquísima felicidad, circunscrita a los instantes irracionales, fue desapareciendo. Con la fácil facultad de olvido de las mujeres, que les permite recordar del pasado tan sólo lo que les conviene, y les hace trastrocar los hilos borrosos de su vida en una trama luminosa, Salud, que sentía su belleza triunfante, llegó insensiblemente a creer que esa belleza había sido, por sí sola, la conductora de su destino. Y el ejemplo de Encarna, que había rendido ante su esplendor físico la voluntad de un hombre millonario, convencióla del poder supremo de su hermosura, y de que el disfrutarla bastaba y sobraba para constituir para un hombre el máximo premio. De aquí una suficiencia cuyo despotismo irradiaba sobre todos los pormenores de sus relaciones con su marido, como un perpetuo "¿qué más podrías desear tú?" que infiltrando poco a poco una reacción orgullosa en el hombre, llegó a convertir los impulsos de éste hacia su mujer en movimientos de odio y, paulatinamente, a envolver los sentimientos de Luis para con Salud en una indiferencia absoluta, apenas rota alguna que otra vez por momentos de irritabilidad o de más acentuado desprecio.

Su evolución espiritual, su deseo de *liberación,* distanciándole cada vez más de su mujer, acompañábase de esta suerte de un desapego físico, y, la convicción de hallarse injustamente condenado a pagar con toda la vida un minuto de error, íbale desligando poco a poco de cuantos deberes juzgaba serle injustamente impuestos; reduciendo cada vez más el círculo de sus obligaciones conyugales, hasta circunscribir éstas al amparo material de su familia.

Y así, parte por probarse a sí mismo su independencia, en una emancipación harto más cómoda que la verdadera liberación espiritual con que soñaba, y parte porque sus veinticinco años robustos y ardientes necesitaban satisfacerse plenamente, dejóse arrastrar por la fácil pendiente de los maridos mal casados, que toman fuera del hogar, en amoríos sin consecuencia, la revancha que no podrían tomar dentro.

Salud, absurdamente segura del poder de su belleza, vio tan sólo, en las cada día más frecuentes ausencias de su marido, una falta de consideración que le recriminaba agriamente, pero que creía ser defecto común a todos los hombres después de cierto tiempo de matrimonio. Cada vez más ufana de su dignidad burguesa, le parecía muy natural que Luis se fuese "con amigos" todos sus ratos libres, y no pensó jamás que su marido pudiese anhelar otra existencia que la que veía llevar la mayoría de los hombres de su clase...

Claro es que, de cuando en cuando, lamentábase con muchos aspavientos, congojas y crisis nerviosas; pero eran escenas hechas sin convicción, porque no se fuese a creer él que podía hacer lo que le viniese en gana sin contar con ella.

Tampoco quería pasar por tonta. Decía, por ejemplo, viendo que Luis cogía su sombrero en cuanto acababa de cenar:

—Sí, ¡sabe Dios adónde irás tú ahora!

Así como aquella tarde había hablado de "la vecinita", muy tranquila en el fondo.

Infinitamente más que el creciente desapego de su marido, le irritaba el ver que su posición económica no prosperaba, y harto más acres eran los reproches hechos en este sentido. Un viaje de Encarna a una playa de moda o a la feria de Sevilla; una *toilette* más lujosa de su amiga, sacábanla de quicio durante varios días, haciéndola hablar con retintín de los hombres que saben salir adelante y dar a una mujer lo que se merece, y de los *pasmaos* que se mueren de asco en un rincón, con muchos pergaminos.

Pero el carácter pacífico de Luis habíale dictado hacía ya tiempo una regla de conducta filosófica, que consistía en dejar pasar el chaparrón. Y más que las recriminaciones de su mujer, inquietábale, a veces, el ver cómo pasaba el tiempo sin que acaeciese nada para libertarle; sin que sobreviniese ese *algo* ignorado, que su apatía natural llegaba a esperar tan sólo del azar.

* * *

Una noche, al regresar a su casa, Luis se encontró, en la obscuridad de la escalera apenas iluminada por las cerillas que iba empalmando una en otra, con aquella "vecinita" en quien no había ya vuelto a pensar. Subía ante él, apoyada en el pasamanos, y tanteando con el pie a cada rellano. Luis, en dos brincos, la alcanzó:

—Si usted me permite, la iré alumbrando.

—Muchas gracias —contestó ella con una sonrisa que hizo brillar sus dientes anchos y fuertes.

A Luis intrigábale el verla volver sola a esas horas. ¿Sería verdaderamente una golfilla?... La examinó de reojo: el traje negro y modestísimo, zapatos gruesos, medias de algodón, la corta cabellera rubia, naturalmente, crespa,[36] echada hacia atrás... No, decididamente, no era esta una mujer para pasar el rato.

Curioso, preguntó:

—¿No le da miedo andar sola por las calles, tan tarde?

—No.

---

36. *naturalmente crespa*: rizada natural, no permanentada en peluquería.

La respuesta, seca, castigaba el atrevimiento y cortaba toda esperanza de charla confianzuda.

Al llegar al último piso, la muchacha volvióse sin embargo hacia Luis, y, ya más amable, se despidió:

—Buenas noches, y gracias.

—No se merecen. Que usted descanse.

Mientras se desnudaba, cuidando de no despertar a su mujer, Luis meditó sobre el encuentro:

—¡Vaya un genio que se gasta esa niña! ¡Qué se habrá creído!

Y, en su despecho, acumuló mentalmente contra la vecina todos los chismes que había oído acerca de ella. Pero se durmió molesto por ignorar todo de esa mujer, y no saber ni su nombre.

Al día siguiente, despertóse con la idea fija de trabar con ella conocimiento más completo. No era anhelo sensual: no hubiera siquiera podido decir si la muchacha le gustaba; era curiosidad, una curiosidad que venía a llenar el hastío de su desquiciada existencia.

Como quien no le da importancia a la cosa, interrogó al sereno:

—¿Quién es esa mujer que entró anoche casi al mismo tiempo que yo?

Y, para mejor despistar, añadió con inflexión severa:

—No me parece muy católica.

—Ni a mí tampoco, *señuritu*.[37] Es una pájara que cualquiera sabe por dónde vuela.

—Conque una zorra, ¿eh? —insistió Luis, sintiendo una inexplicable ansiedad en sus palabras.

---

37. *señuritu*: caracterización fonética gallega del término señorito, que anuncia la condición de sereno del personaje que habla, basándose en el tópico frecuente en la literatura popular del origen gallego de estos profesionales.

—Hombre, eso yo no sé, *señuritu*. Como venir sola, siempre viene sola. Pero ya habrá visto el *señuritu* —añadió el del chuzo[38] con servil respeto— que de muy señora no tiene trazas. Y lo que yo me digo: si fuera cristiana, no andaría así de sola, y máxime a horas *intestinas.*[39]

—Pues ¿a qué horas suele venir? —preguntó Luis, reprimiendo su risa ante el arbitrario énfasis del buen hombre.

—Allá *pa* la una. Y lo que yo me digo —completó—: del taller, a esas horas, no vendrá.

Dicho lo cual, celebró él mismo con grandes carcajadas la gracia de su comentario.

Luis ya sabía lo que le importaba saber. La noche siguiente regresó a la una menos cuarto, y, para hacer tiempo, lanzó al sereno unas cuantas frases acerca de la probabilidad de lluvia que revelaba la electricidad del aire. El paisano de Rosalía de Castro[40] mordió al punto el anzuelo, y se enfrascó en interminables consideraciones atmosféricas.

Minutos después de la hora, la vecinita se apeó del tranvía.

—Bueno, adiós —despidióse Luis, cortando bruscamente un admirable discurso en que su interlocutor le descubría todos los secretos de su facultad de adivinar, gracias a distintas clases de reuma, las variaciones del tiempo—. Ya que entra esta señorita, subiré con ella.

E, igual que la víspera, comenzaron a subir, uno tras otro, los cinco pisos de sus respectivos aposentos.

—Usted perdone si la llamé señorita —inició Luis—. Tal vez debí decir señora.

38. *chuzo*: palo largo terminado en una punta metálica que portaban los serenos como defensa.

39. intestinas: error en el cultismo *intempestivas*, característico del madrileñismo castizo, muy frecuente en el género chico.

40. La escritora gallega Rosalía de Castro (1837-1885) sirve de referencia para señalar nuevamente el origen gallego del sereno.

—Es lo mismo. Puede decir como quiera —contestó ella, con su tonillo entre amable y displicente.

—Pero una de las dos cosas será la cierta, ¿no? —insistió Luis sonriendo.

—¡Ah!, claro —repuso ella riendo francamente—. Pero eso no tiene ninguna importancia.

—Sin embargo..., siempre es molesto ser incorrecto...

—Pues llámeme como le parezca más correcto, y en paz.

—¡Si es que me va usted a tomar el pelo! —protestó Luis con gesto de enfado.

—Nada de eso. Y para probárselo, le diré que puede llamarme como quiera, porque soy a un tiempo las dos cosas.

Luis creyó deber emitir una risita de comprensión. Ella, paróse en seco, y, muy seria:

—Pero le advierto a usted que se equivoca de medio a medio. Para usted y para todos los que serán como usted, soy señorita, puesto que no estoy casada. Para mí, soy señora, y como señora sé obligar a que se me respete.

Luis se quedó como si hubiera recibido una bofetada.

—Puedo a usted jurar... —comenzó.

—No me jure nada. Sé perfectamente lo que significa su risita, y sé también lo que se podrá figurar de mí. Y le aseguro que me tiene sin cuidado. Por detrás, todo lo que quiera; desde bicho raro hasta mujer pública si le hace gracia. Pero, por delante, tan señora, *por lo menos* —y recalcó las palabras—, como la que más. Se lo advierto para que no se moleste en esperarme. Servidora.

Y se entró en su casa, dejando a Luis intrigado y horriblemente violento.

III
LIBERTAD

Los estudios no avanzaban.

Otro carácter, más fuerte y más entero, habríase tal vez sabido substraer al peso del ambiente; para un temperamento como el de Luis, este ambiente lo era todo, y su facilidad o su repulsa influían a modo de baño espiritual continuo: un baño en el cual la actividad toda hallaríase sometida a la acción de la temperatura y calidad del agua. Hasta su empleo, que para otro quizás hubiera representado la comodidad de tener resueltas las más perentorias necesidades materiales, antojábasele, a medida que su mentalidad se iba ensanchando, insoportable condena. Todas las mañanas entraba en la oficina con la impresión de volver al presidio, y la vista del trabajo preparado sobre su mesa, el inocente montón de papel ya emborronado junto al cándido montón de papel blanco, tomaban a sus ojos la odiosa figura del remo para el galeote.

No había logrado intimar con ninguno de sus tres compañeros. Uno, Jardines, era un hombre ya maduro, abrumado por una interminable parentela, de la cual era el único sostén: dos cuñadas, la suegra, unas hermanas, y por la prolificencia[41] de su mujer, que le obsequiaba invariablemente cada año con otro retoño. Jardines era el tipo clásico del empleado español, con su carrera y sus títulos, que maldito para lo que le servían, con su figura borrosa de hombre para quien la seguridad del puchero constituye ideal fijo y eje invariable. Tenía siempre los bolsillos hinchados de papelotes, y aprovechaba los momentos libres para copiar expe-

41. *prolificencia*: creación personal e irónica de la autora, sobre prolífico "que tiene virtud de engendrar" (*DRAE*).

dientes que le proporcionaba un escribiente conocido. Trabajo al que dedicaba además todas sus tardes y buena parte de sus noches, y gracias al cual podían ir mal comiendo, él y toda su familia, propia y política.

De vez en cuando, venía a la oficina alguna de sus hermanas o de sus cuñadas, unas señoritas esmirriadas y cloróticas, vestidas con pobreza y presunción, o subía uno de los niños, flacuchos y ojerosos, que la madre, una señora de velo, con cara triste de miseria embrutecida, esperaba abajo, en el portal.

En cuanto el ordenanza decía: "Señor Jardines, que pregunta por usted una señorita", o "señor Jardines, que ahí está su niño", él comprendía, y, sin ir siquiera primero a ver de qué se trataba, levantábase al punto de su silla y se dirigía hacia la puerta que separaba la secretaría del despacho particular.

—¡Adelante!

Lo más quedamente posible, Jardines entraba, escurríase mejor dicho, por la puerta entreabierta, que volvía a cerrar cuidadosamente tras sí.

Oíase un débil susurro, como el murmullo de un rezo lejano, pronto interrumpido por la voz sonora del jefe:

—Sí, hombre.¡No faltaba más!

Y volvía Jardines a deslizarse por la puerta nuevamente entreabierta, que volvía a cerrar cuidadosamente, y se encaminaba a la sala de visitas apretando un papel en el puño cerrado.

Cuando la visita la hacía una de las hermanas o de las cuñadas, Jardines entregaba el billete sin decir palabra; la otra lo cogía de igual guisa, e íbase. Cuando era alguno de los niños el que venía, Jardines no olvidaba de recomendar:

—¡No lo vayas a perder!

Luego, retornaba a su mesa, y, tras un hondo suspiro, única rebeldía que su alelada conformidad se permitía, reanudaba su tarea.

En la oficina, llamábanse a estas visitas *las citas de amor de Jardines.*

Otro de los secretarios, Simancas, era un pollo goma,[42] sobrino de la mujer de don Sabino. Seguro de su porvenir, llegaba a la hora que le convenía, se arrellanaba en una butaca y, dedicaba a hacerse las uñas y a relatar y comentar interminablemente los pormenores de la función a que había asistido la víspera, o de la fiesta aristocrática o la *juerga* en la cual había sido, naturalmente, uno de los principales actores.

Y el tercer compañero de Luis, García Lozano, era por fin un muchacho de unos treinta años, nada tonto y con una ambición desenfrenada, estorbada por escasos escrúpulos. Ambición visiblemente traducida en un servilismo repugnante ante don Sabino, a quien quería conquistar en calidad de futuro suegro.

En cuanto a don Sabino de la Estremera, hijo de unos campesinos gallegos, había hecho su carrera, según su propio decir, a fuerza de puños. Y no estaba mal dicho, ya que había empezado ayudando a las pescadoras a llevar sus banastas.

Cierta facilidad de comprensión, gracias a la cual se destacaba de los demás chicos aldeanos, infundió a un *indiano* del pueblo ganas de costearle unos estudios, que hubo de compartir, durante largos años, con los quehaceres de la semidomesticidad en que se hallaba en casa de su protector. Un tesón formidable le hizo engullir todos los libros de texto que le pusieron delante, igual que engullía las dos docenas de huevos duros de una apuesta, convirtiéndole, primero en abogado, más tarde en diputado, y por fin en cacique máximo y senador influyente.

Militaba en el campo conservador, alardeaba de un catolicismo intransigente, y sólo perdía los estribos cuando alguna muchacha de pocos años llamábale —lo cual sucedía con

---

42. *pollo goma*: joven vividor, amante de la juerga y el lujo.

harta frecuencia— "Sabinito", en un gabinete coquetón de cierta casa de persianas discretamente echadas.

Luis despreciaba por igual a su jefe y a sus compañeros. En García Lozano, repugnábale ese servilismo que le hacía prestar su aplauso a todos los desafueros de don Sabino, y servir de tapadera a sus correrías; y, en el cacique, no podía aguantar la retórica que siempre esgrimía, como arma incontrastable, los sacros derechos del hogar santificado y de la sociedad cristiana, y que sólo era fachada para encubrir su vida real de usurero amante de menores. Pero, los que más le sacaban de quicio, eran el "niño bien" de Simancas y el infeliz Jardines: el primero, porque le recordaba de continuo un mundo que despreciaba, sí, pero que sufría de ya no poder llamar suyo; y, el segundo, porque le parecía ver en él una siniestra caricatura de su propia vida.

Y la salida de la oficina, el abandono del trabajo trivial y monótono, no le producían tampoco esa impresión de descanso, ese sosiego que, aun mezquino y pasajero, hubiera sido lo único capaz de remontar su espíritu por encima de lo cotidiano.

Don Sabino vivía en la Castellana y, desde allí hasta su casa, Luis tenía tiempo sobrado para que el optimismo del ambiente callejero madrileño le substituyese su mal estado de ánimo por otro más en consonancia con su juventud. Mas la entrada en casa no tardaba en disipar este bienestar de un momento.

A fuerza de ver en su mujer la razón inicial de sus desdichas, Luis íbala,[43] aunque inconscientemente, tomando ese odio latente y callado—un odio pertinaz, sin tregua ni remisión posibles— que sólo puede existir entre personas de convivencia íntima. Un odio que él alimentaba cuidadosamente, no dejando escapar ningún detalle, por ínfimo que

43. *íbala*: se trata de un caso de laísmo, no raro en la autora.

fuese, contrario a sus ideas o a sus gustos. En la mesa, verbigracia, había llegado a saborear con fruición la tosquedad de Salud, empeñada en partir el pan con el cuchillo, o en llevarse los pedazos de queso a la boca con la mano.

—Si no hay nadie, ¡que más da! —respondía, como argumento que juzgaba perentorio, a las observaciones afectuosas que su marido le hacía al principio.

Y ella, que también inconscientemente percibía ese odio que envolvía todos sus gestos y todas sus palabras a modo de censura constante, odiábale a su vez, con el rencor de la hembra que siente menospreciados los encantos que creyó todopoderosos.

La comida deslizábase, pues, entre largos silencios —Luis había tomado la costumbre de comer rápidamente y leer el periódico entre plato y plato— y agrias discusiones, a menudo degeneradas en disputas. Y tan sólo alguna gracia de la nena templaba a veces la irritación.

Por la tarde, luego, todo eran inconvenientes. La estrechez de la casa hacía del comedor la única habitación posible para trabajar, y también el natural "cuarto de batalla"; así es que, mientras, por un lado, Luis, enervado por el estruendo de la máquina de coser, o por la avalancha de plancha o de costura que relegaba a una esquina de la mesa sus libros y sus papeles, se lamentaba de no tener un sitio sosegado y recogido para abstraerse, Salud, con no menos razón, lamentábase por el suyo de no poder tener arreglada la única habitación dispuesta para recibir, o deploraba la pérdida de unas servilletas manchadas de tinta.

Con el mal tiempo y el frío, no quedaba siquiera el recurso de la terraza. Raras eran ya las tardes en que era posible instalarse en ella.

Y la obsesión de la vecinita menguó paulatinamente —pues Luis no quiso pedir a nadie informes que podían haber despertado sospechas.

Margarita Nelken a finales de los años 30.

Biblioteca de Cultura Moderna y Contemporánea

MARGARITA NELKEN

LA CONDICIÓN SOCIAL DE LA MUJER EN ESPAÑA

SU ESTADO ACTUAL: SU POSIBLE DESARROLLO

BARCELONA
EDITORIAL MINERVA, S. A.
ARIBAU, 179 : TELÉF. 27-G

Portada de la primera edición (Barcelona, 1921).

Hasta que un día la niña, al salir al descansillo de la escalera, mientras la criada tomaba el pan, fue llamada y acariciada por la vecina, que había salido igualmente a recibir al panadero.

—¿Quieres venirte conmigo, rica?

Y, como la nena reía sin responder:

—Yo quiero mucho a los niños, ¿sabes? Anda, ven monina; que te voy a hacer un regalo.

La nena avanzó decidida. La vecina la cogió en brazos:

—En seguida la traigo —díjole a la chica.

Y se la entró en su casa, haciéndole mimos. Le regaló un acerico en forma de gato, unos dulces y, después de comérsela a besos, la trajo nuevamente al descansillo.

—¿Cómo te llamas, preciosa?

La niña, encantada de su nueva amiga, balbuceó su nombre y, ya familiarizada, preguntó a su vez:

—¿Y tú?

—¿Yo? Libertad. ¿Vendrás a jugar conmigo otro día, di? Verás, te compraré una muñeca.

La niña palmoteó de gusto.

—No sé si querrá la señora —dijo la chica.

—Pues pregúnteselo usted. Y, si quiere, tráigame a la nena alguna vez, que somos muy buenas amigas, ¿verdad, rica?

Y la volvió a besar antes de cerrar la puerta.

Pero la señora no quiso, y, no sólo no quiso, sino que le echó a la chica un rapapolvo de primero, por "estúpida". ¡Dejar a su hija con una cualquiera, con una mujer que ni siquiera llevaba nombre cristiano![44]

Y añadía, en el colmo del furor, mirando a su marido:

—¡Se creerá que una se chupa el dedo y no cae en la cuenta!

44. Se refiere a *Libertad*, nombre frecuente en mujeres de familia anarquista.

147

—Pero ¿en la cuenta de qué, mujer? Total, si le gustan los niños... —arguyó él de buena fe.

—Sí, sí, ¡los niños!... ¡Se empieza por los niños para acabar por los padres!

Luis se encogió de hombros y se marchó, dando un portazo. La escena se anunciaba a toda orquesta, y no tenía ganas de tomarse un ataque de bilis, enzarzándose en una disputa en la cual saldrían a relucir, fatalmente, muchas cosas que más valía dejar dormitar en el olvido.

Le ponía fuera de sí ese empeño de su mujer en rebajar todas las intenciones a tenor de sus propios sentimientos.

Tal vez ayudase también a su irritación, sin que él siquiera lo advirtiese, la ironía que significaban esos celos de Salud contra una muchacha que le había demostrado tan a las claras su desprecio.

¡Libertad! Debía de ser hija de algún anarquista, de alguno de esos hombres románticos que, a principios de siglo, remontábanse sobre las miserias de la vida, soñando con un porvenir de amor universal. También ella ahora adquiría una aureola de romanticismo y de exaltación. ¡Libertad! El nombre para él era casi un símbolo; podría serlo tal vez... Sí, necesitaba algo, alguien, para salvarse de ese tedio, de esa mediocridad en que se iba enlodando, poco a poco, irremediablemente; algo o alguien, aunque fuese una simple aventura sentimental, que con ella habría de ser seguramente distinta de una de tantas aventuras vulgares.

¡Libertad! ¿Por qué no creer en la verdad de la sugestión de un nombre? ¿No había quien creía ciegamente en la fatalidad ya de antemano tejida del destino?

Estuvo dando vueltas al azar. Al volver, tenía el firme propósito de intimar a toda costa con la vecinita, de vencer esa barrera de desconfianza tras la cual se refugiaba despectivamente la muchacha. Pero ¿y si había otro hombre por medio, novio o amante? ¡Bah! No quiso parar su pensamiento en ese obstáculo, que se le antojaba en el fondo el único posible para detener sus planes.

Regresó sereno, con el espíritu animoso, ilusionado y como remozado por la sugestión del nombre-símbolo.

Al meter la llave en la cerradura, sobrecogióle de pronto la perspectiva, un punto olvidada, de la disputa que seguramente le esperaba todavía.

Pero Salud se arrojó en sus brazos llorando. Sobre la mesa del comedor había un telegrama:

"Padre sacramentado. Ven."

IV
"¿QUÉ SE FIZO EL REY DON JUAN...?"[45]

El encontrarse nuevamente en la que para él no había dejado nunca de ser su verdadera "casa", prodújole a Luis una impresión singular de melancólico desapego.

¿Era la falta de su padre, en quien se cifraban siempre sus mayores ilusiones de cariño, hacia quien convergían todas sus aspiraciones, como hacia el modelo perfecto, insuperablemente admirado y querido? ¿Era la transformación que sin duda habíase operado en él, a pesar suyo, en esos años en que la vida le había obligado a crearse sus propias normas de existencia?... Pero su casa, esa casa de la niñez y de las horas buenas, que de lejos aparecía a su añoranza cual nido a cuyo calor

---

45. Corresponde al primer verso de la octava estrofa de las *Coplas a la muerte de su padre,* de Jorge Manrique, que simbolizan la situación en que queda Luis y su familia, tras el fallecimiento del suyo: el esplendor de la familia corresponde también al pasado.

podría cobijar siempre sus penas o sus desengaños, su casa, antojábasele, ahora que a ella había vuelto, como morada extraña. Todo lo más, en los momentos de tierna efusión, tumba de un alma que había sido suya, pero que ya no lo era.

Después de los días de agudo dolor que siguieron a la muerte de don Miguel, esa sensación de soledad, *de no tener donde asirse,* fue para Luis verdaderamente insoportable. Nunca había ni siquiera rozado su imaginación la posibilidad de un distanciamiento entre él y los suyos; y ahora, al comprender que un mundo de ideas y de hábitos lo separaba de su madre y de sus hermanas; que un proceso sentimental totalmente distinto impedía que lo que él creía había de ser su refugio lo fuese realmente, sentíase presa de una desesperación que interponía como un velo de neurastenia entre su ánimo y los actos exteriores.

No se decía que aquello era lo natural, lo inevitable; que nadie es igual a nadie, y sobre todo igual a quien le ha precedido. La indulgente bondad de su padre le había acostumbrado demasiado a ver aceptados, cuando no perdonados, todos sus gestos, para que, mientras viviese don Miguel, no tuviese su hijo la ilusión de ser siempre comprendido por un espíritu unísono. Pero ya había callado para siempre aquella voz que sabía encontrar a todo intenciones benévolas. Y ahora, solo frente a la voluntad íntegra de su madre —las niñas no contaban— comprendía Luis la autoridad que había tenido, por el solo hecho de ser tan unánime, la serena bondad de su padre, y la estoica resignación a todas las miserias del mundo que implicaba el ejercicio constante de esa bondad.

Doña María del Rosario era otra cosa. La bondad en ella había sido siempre, ante todo, esta sumisión al dominio del esposo que constituye la virtud cardinal de las mujeres de su raza; mas, desaparecido el jefe de la familia, la madre reclamaba espontáneamente para sí la obediencia antes naturalmente practicada frente al marido. Y la misma integridad, la misma estrechez de su virtud, hacíala trazar fanáticamente los límites que creía convenientes para honra del nombre y bien de los suyos.

El primer choque surgió en la primera conversación íntima que la madre y el hijo tuvieron acerca de la situación en que quedaba la familia. Esta situación era desastrosa. Don Miguel no había sido nunca un gran administrador: su corazón le impedía desconfiar jamás y le obligaba, por otra parte, a ejercer una generosidad que dejaba a la Providencia la misión de restablecer el equilibrio del presupuesto. Luis se encontró la casa gravada con una doble hipoteca, y las tierras en poder de acreedores. Lo único que permanecía en pie en el total derrumbamiento era, a dos kilómetros de Peñaluz, una pequeña finca, un hotelito con una modesta labranza, habitado hacía varios años por una tía de doña María del Rosario, anciana maniática y entregada en absoluto a las prácticas de devoción.

Doña María del Rosario anunció su propósito de retirarse allí con las niñas.

—Pero mamá, ¡eso es una locura! —objetó Luis—. ¡Eso es enterrarse en vida!

—¡Una locura! —atajó la madre con tono de reproche—. No piensas lo que dices, hijo mío.

—Perdona, mamá, pero yo creo que antes de tomar esa decisión...

—Por eso quise hablar contigo. Ahora eres tú el jefe de la familia, y a ti te cumple hacer con tus hermanas veces de padre.

—Por lo mismo, mamá —insistió Luis emocionado—. Yo creo que lo mejor sería vender todo lo que queda, aquello, los muebles, todo. Con lo que se sacara, os veníais a Madrid; las niñas estudiarían alguna carrera corta; se preparaban a algunas oposiciones, y, dentro de poco, teníais el porvenir por lo menos tranquilo y asegurado.

—Pero ¿tú estás en tu juicio?

La indignación había hecho ponerse en pie bruscamente a doña María del Rosario, y la hacía hablar trémula, atropellando las palabras:

—Me extraña no me propongas me emplee yo también, o ponga una casa de huéspedes para estudiantes y cadetes. Si tu pobre padre te oyese...

Le dio una congoja, y Luis, apenadísimo, hubo de guardar para sí todas las buenas razones que tenía preparadas, y consolar a su madre, mimándola como a un niño.

No se atrevió a volver sobre el asunto, pero pensó que sin duda acertaría mejor con sus hermanas, que, ¡qué, caramba!, ya no eran tan chiquillas, a pesar del alejamiento de toda cuestión seria en que se las tenía.

Mas, a las primeras palabras, las niñas se pusieron como dos reinas de teatro a quienes un villano quisiese despojar. Rosarito tenía relaciones con un hijo de los condes de Villacamblas, un petimetre que aceleraba con su amor a las cartas la ruina, ya harto diligente, de su casa, pero que era "lo mejor del pueblo"; y Lupe, que se sabía muy guapa, creíase con derecho a esperar, por lo menos, a que un grande de España se prendase de su gentileza.

También ellas preferían "enterrarse en vida", como decía su hermano, a renunciar al puesto que les correspondía. Y Luis, sin querer reconocer lo natural de esta actitud, resultante forzosa de todo un modo de comprender el mundo, irritábase ante la obstinación de su madre y de sus hermanas, empeñadas en sostener miserablemente su pasada grandeza.

Los mismos pormenores del duelo, el novenario, con su cortejo de visitas de aristócratas arruinados, pero orgullosos, y de burgueses enriquecidos y envidiosos de aquéllos; los mil cumplidos de la vida provinciana, los mil detalles allí trascendentales y a cuya vacuidad costábale doblegarse; las fútiles preocupaciones del rango, y hasta los escrúpulos devotos, de los cuales se había ido insensiblemente apartando en la amplitud de su existencia madrileña, todo concurría a producirle una impresión de ahogo, de hastío irresistible, comparable, a pesar de todas las diferencias, con el tedio de sus horas en el hogar conyugal.

Decididamente, el padre se había llevado consigo todas las ilusiones que guardaba el hijo en la tierra. El cariño hacia la madre y las hermanas, implicaba demasiados renunciamientos, para poder ser algo más que el afecto natural y tranquilo entre gentes de la misma sangre, a quienes no ha separado ningún gesto definitivo.

Las niñas nada advertían de estas sensaciones; pero doña María del Rosario sentía confusamente, en el fondo de su dolor, que no tenía que llorar por uno sólo, y que al hijo también lo había perdido para siempre. Y los dos eran demasiado apasionados para comprender que ninguno tenía culpa en su separación, y que era la vida misma la que los había distanciado.

En el fondo, y sin saber por qué, se guardaban rencor. Luis no era el hijo esperado, dócil reflejo de los sentimientos de su madre; y tampoco era la madre el amor comprensivo soñado como consuelo de los demás fracasos.

Y, poco a poco, en medio de los cumplidos del pésame y de las cavilaciones de la ordenación de la herencia, destacábase ante el muchacho, con la obsesión de la sugestión de su nombre, la figura recia y aplomada de Libertad...

V

LA VENTANA ABIERTA

Una tarde, al anochecer, doña María del Rosario, cediendo a los ruegos de sus hijos, salió al jardín trasero a

153

tomar un poco el aire. Con su traje negro de lana, su cabellera plateada recogida hacia atrás, y el pliegue amargo de
sus labios finos, era una de aquellas ricas hembras castella-
nas de otros tiempos, de abnegación y grandeza sin límites,
pero de virtud estrecha y fanática.

El día había sido ya caluroso, y en la atmósfera quedaba
ese vaho polvoriento que envuelve los atardeceres estivales
a modo de sutilísimo velo de plata. Contrastando con el paisaje divisado a lo lejos por encima de las tapias —unas co-
linas gredosas[46] casi fundidas en su parte superior con las
nubes rosáceas—, el jardín, húmedo y umbroso, hundido entre sus altos follajes, daba una sensación extraordinaria de
aislamiento y de frescor.

Al llegar junto a un banco de piedra que había al pie de
una encina, Luis propuso un descanso.

El banco estaba lleno de montoncitos de tierra.

—¡Ese Felipín! —exclamó doña María del Rosario,
sonriendo. Y, después de limpiar el banco con su pañuelo,
se sentó.

—¿Quién es Felipín? —preguntó Luis.

—El hijo de Dimas —explicó Lupe—. Cada vez que su
padre viene a trabajar en el jardín o en la huerta, él se entra
detrás y nos llena todos los bancos de tierra. Pero, como a
mamá le hacen tanta gracia los chicos...

—Es verdad —asintió, siempre sonriente, doña María del
Rosario—. Me parece que cada niño es un ángel, y que junto a los niños está una más cerca de Dios.

Hacía mucho tiempo que Luis no había visto sonreír a su
madre; y más tiempo aún que no le había oído esas inflexiones de voz tan suaves, tan desprovistas de amargura. Una
idea asaltóle de repente: ¿si pudiese traer a Salud y a la niña

---

46. *gredosas*: que son o parecen de greda, "arcilla arenosa, de color
blanco azulado" *(DRAE)*.

a Peñaluz una temporada?... Para su madre, la presencia de la nietecita sería una distracción beneficiosa en todos aspectos; y, para él, unos meses de libertad...

Y la palabra, mentalmente pronunciada, evocóle al punto la imagen de aquella muchacha cuyo nombre-símbolo encarnaba todos sus afanes, todas sus esperanzas de liberación.

Sí; era preciso traer a su familia a Peñaluz, quedarse libre, solo en Madrid, hasta..., hasta Dios sabe cuándo; un término lejano en el cual prefería no pensar.

Se maravilló: ¿cómo no se le había ocurrido antes?

Formuló inmediatamente su proyecto, dándole apariencia de atención filial: su madre no podía permanecer en esa postración, en ese desconsuelo... Era preciso reanimarse, aunque no fuese más que por las niñas, que no estaban en edad de dedicar toda una vida al llanto... Y ya que se empeñaban en retirarse al campo, no estaría de más, sin contar la alegría que aportaría la niña durante los días tan tristes de la mudanza, la ayuda que podía prestar Salud...

Doña María del Rosario no se atrevió a negarse. No quería creyese su hijo que despreciaba a su mujer. Además, Luis, incidentalmente, había hablado también del verano ya próximo, y de lo conveniente que sería para la nena el pasar la canícula fuera de Madrid. Al fin y al cabo, era natural que Luis, convertido en jefe de la familia, quisiese ver a su mujer y a su hija ocupar en la casa el puesto que les correspondía, y con razón podrían ofenderle objeciones en las que viese tal vez únicamente una expresión de rencor por un pasado del cual, ya todo regularizado como Dios y la sociedad mandan, sería injusto acordarse.

Y así, con una facilidad que sorprendió al propio interesado, quedó acordado que Luis escribiría en seguida a Salud, y que ésta y la niña quedarían en Peñaluz hasta la mudanza; es decir, todo el verano, regresando naturalmente Luis a Madrid en cuanto hubiera recibido a su mujer y a su hija, ya que le reclamaban allí sus ocupaciones.

Luis escribió aquella misma noche una larga carta; una carta en que el contento de su próxima libertad estallaba en frases cariñosas, ha tiempo desusadas en el matrimonio.

A vuelta de correo llegó la contestación: Salud, llena de orgullo ante la invitación de su suegra, anunciaba ponerse en camino dentro de dos días, y manifestaba a su vez su satisfacción en una expansión de afecto y gratitud.

Esto hizo que el encuentro del matrimonio revistiera la apariencia de la más perfecta armonía. La niña estaba muy mona y encantó a todos con sus gracias; Salud, muy entrada en su papel de señora de Otura, y bastante azorada, mostrábase llena de comedimiento. El luto riguroso excluía además naturalmente en la indumentaria toda nota chillona que, en Peñaluz, hubiese tomado proporciones de imperdonable excentricidad. Doña María del Rosario, muy emocionada, parecía más afable que de costumbre.

Y así Luis, al verse solo en el tren, pudo saborear, sin aprensión de ningún género, las primicias de la independencia. La muerte de su padre, aquel dolor punzante que él en los primeros momentos de duelo había creído por siempre incrustado en su ser, suavizábase dentro del bienestar que su alma sentía al verse, por primera vez desde tanto tiempo, dueña de sí misma.

El tren marchaba veloz, y, en la penumbra del departamento en que era el único viajero, Luis sentía su corazón volar, a compás de las ruedas, muy lejos de Peñaluz, muy lejos del sitio en que se encontraba, por un milagro que todavía no acertaba a explicarse, aislado de todas sus decepciones: su madre..., que no era la que él hubiera querido..., Salud..., hasta la niña, que era la barrera más fuerte levantada ante su porvenir...

156

¿A qué pensar? El milagro estaba hecho: se encontraba solo, y solo iba hacia Madrid, en donde, cual punto luminoso en lejanía, esperábale, después de las tinieblas que parecían infinitas, la posibilidad de realizar todos aquellos ideales con los cuales vivía, silenciosa y profundamente, una segunda vida oculta a todos.

¿Que aquello acabaría?

¿A qué pensar?

Sin desdoblar siquiera los periódicos comprados para el camino, dejaba vagar sus pensamientos con una obscura confianza en el destino. Sin detenerse a meditar por qué mágicos procedimientos, *sabía* que el destino habría de arreglarlo todo.

Y el mismo compás del tren, con sus tres tiempos sempiternamente machacados, parecíale repetir con insistencia las tres sílabas de un nombre de mujer.

TERCERA PARTE

I
UNA EXCURSIÓN

Luis y Libertad se apearon del tren-tranvía en la estación de San Fernando de Henares.[47]

Hacía ya mucho tiempo que tenían proyectada esta excursión dominical, todo un día de asueto en el campo. Luis se prometía mucho, aunque sin saber justamente el qué, de ese día entero de libertad con su amiga, y él era quien había elegido como punto de excursión ese San Fernando del Jarama que aun no conocía, pero del cual había oído hablar con gran encomio, y en donde no se corría el riesgo constante en otros pueblos más mundanos de los alrededores, de tropezar con conocidos de Madrid.

Al salir de la estación, inició tímidamente el gesto de ofrecer el brazo:

—Gracias —dijo Libertad con una sonrisa que alejaba toda idea de desprecio o de remilgo—. Ando mejor sola.

Luis no insistió. Llevaba ya cerca de dos meses de camaradería con "la vecinita" y no había aún logrado formarse una idea justa acerca de ella.

47. *San Fernando de Henares:* pueblo próximo a Madrid.

159

Y menos acerca de sus propios sentimientos con respecto a la muchacha.

Al principio, ésta acogió sus intentos de conversación con aquel tonillo entre irónico y displicente con que le había "parado los pies" en las nocturnas subidas de la escalera:

—¡Qué tiestos más hermosos! —exclamaba, verbigracia, Luis desde su terraza, al verla cuidar anochecido sus macetas.

—Sí, muy hermosos —contestaba ella.

Y se entraba en su casa, dejando al osado meditar perplejo la entonación —¿burlona?, ¿cortante?— de ésta o de otra frase igualmente trascendental.

Poco a poco, la conversación se extendió y fue perdiendo su tirantez.

La vecinita ya, después de regar sus tiestos, quedábase un rato en la terraza para respirar el aire sutil del atardecer y cambiar algunas palabras con el vecino. Las primeras veces, hablaba desde la puerta de su casa o apoyada en el punto más extremo de la balaustrada, mientras Luis se aventuraba hasta la pequeña verja que separaba las dos azoteas. Y, poco a poco, ella también se fue acercando. Ahora, además de la charla de por las tardes, tenían largas conversaciones después de cenar, él desde su butaca de mimbre, ella desde una sillita baja. Eran conversaciones, por así decirlo, *impersonales.* El espléndido panorama de la Sierra,[48] netamente recortado en esas claras noches agosteñas, era el tema obligado; un tema cuya emoción se prestaba a pocas palabras y a dilatados silencios. Y, sin embargo, Luis no recordaba haber sostenido jamás conversaciones tan interesantes como esas en que sólo se cruzaban, a largos intervalos, breves

---

48. *Sierra*: Se refiere a la Sierra de Guadarrama, próxima a Madrid y visible desde la zona de Argüelles-Moncloa, donde está situada la casa de los protagonistas.

palabras sobre la desaparición momentánea de un picacho tras de unas nubes, o sobre el tono acuoso que tenían aquella noche las frondas del Campo del Moro.[49]

Esta amistad tan superficial, pero tan esencial, producíale a Luis, en la afortunada soledad en que vivía, una beatitud inefable. Pero era todavía demasiado joven para gustar plenamente el sabor tranquilo de la amistad desinteresada. Dos o tres intentonas para llevar a cabo una averiguación más directa acerca de la personalidad de su amiga, había tenido por único resultado el de la pregunta misma. Libertad, sin esquivar la respuesta, había contestado brevemente, retirándose luego antes que de costumbre, y Luis, temiendo ser indiscreto y recibir con una desaparición definitiva el castigo de su imprudencia, no se atrevió a insistir.

Era preciso ver a Libertad fuera de casa; poder hablar con ella en otro lugar, en donde no pudiera cortar bruscamente la entrevista con una "¡buenas noches!" o un "¡hasta mañana!" más o menos desconcertante; verla, en fin, en otro sitio en donde los temas naturales de conversación, por muy fútiles que fuesen, le enterasen de algo; de ese *algo* que era toda la vida incógnita de la muchacha y que él, tanto por prudencia como por discreción, no se atrevía a indagar en las charlas de terraza a terraza.

Las cuales, de seguir así, amenazaban adquirir definitivamente el carácter de las conversaciones trabadas en tranvía o en ascensor.

Espió los ruidos a través del tabique, y una tarde que sintió salir a su amiga, salió detrás. Vio que tomaba calle de la Princesa abajo; a paso ligero se metió por una lateral, desembocó

---

49. *Campo del Moro*: jardines, al oeste del Palacio Real. Deben su nombre a Abén-Jucef, que acampó allí en 1114. Convertido en jardines en 1840, la forma actual se debe a la remodelación ordenada por la reina Mª Cristina en 1890.

nuevamente en la calle de la Princesa por otra bocacalle y, volviendo en sentido inverso, se hizo el encontradizo:

—¡Hola vecina! ¿Sale usted ahora?

—Sí; y usted, a lo que veo, vuelve.

—Volvía; pero, si no le es molesto, la acompañaré unos pasos...

Y añadió, para quitarle importancia a su proposición:

—Como no tengo nada que hacer, casi prefiero no meterme tan pronto en casa.

—¿Molesto? ¡Ni que toda la calle fuese mía! —repuso Libertad sonriendo.

—Quiero decir —recalcó Luis— que yo tendría gusto en acompañarla, siempre que ello no le acarrease ninguna molestia, de ningún género.

—¡Ah, vamos! —bromeó ella—. Quiere usted saber antes si, al salir conmigo, no corre riesgo de que nos sorprenda algún Otelo[50] furibundo. Puede estar tranquilo; como no nos atropelle un auto, cosa que seguramente sucederá si seguimos en medio de la calle, no es probable que por mí pierda usted la vida.

Luis, por fin enterado de lo que le importaba saber —pues, de haber tenido algún hombre derecho sobre ella, Libertad no se habría expresado con tal desenfado—, sintióse inundado por una alegría singular, una alegría que le infundía como un súbito remozamiento.

Acompañó a la joven ese día y el siguiente, e, insensiblemente, fueron tomando la costumbre de salir juntos. Algunos días iban de paseo a dar una vuelta por la Moncloa o por Rosales; otros, Libertad realizaba algunas menudas compras o iba a algún quehacer, y Luis la esperaba en la puerta como un novio. Forzosamente hubo de enterarse de la vida de su amiga: huérfana, sin parientes próximos, vivía de su traba-

---

50. El personaje de Shakespeare, símbolo de amante celoso.

jo, haciendo traducciones, y vivía muy modestamente, pero dueña en absoluto de sus hechos.

Nunca le habló de amor. Comprendía, desde luego, que no se trataba de una muchacha, en el sentido físico y corriente de la palabra, y que, por tanto, podía intentar hacerse querer de ella sin tener que reprocharse después la canallada de una seducción. Pero, aunque Libertad iba formando cada vez más estrechamente parte de su existencia; aunque la idea de quedarse sin verla le hubiera sido insoportable; y aunque la gracia fina y decidida de su amiga se había ido insinuando poco a poco en sus sentidos con la sugestión de la mayor belleza, una advertencia secreta, la certidumbre irracionada de perderla entonces para siempre, impedíanle revelarle toda la sensualidad que revestía la tranquila camaradería con que la trataba.

En la normalidad de los días este estado de cosas no tenía motivo ninguno para variar; tal vez se hubiese prolongado por tiempo indefinido, y la idea de la excursión nació, naturalmente, en Luis, como posibilidad de esclarecimiento: quería concretar de una vez las relaciones que tenía con "la vecinita". Saber *a qué atenerse*.

Ella acogió el proyecto con júbilo; se comprendía que la tensión necesitada para sujetarse a la austeridad de su vida encubría un afán oculto de expansión, de satisfacer a veces la espontánea alegría de sus veintitrés años. Y la excursión fijóse para aquel domingo de últimos de agosto en que la muchacha, ya entregado un trabajo que había de terminar aquel mes, podía otorgarse despreocupadamente el premio de un día de diversión.

* * *

Era la primera vez en su vida que Luis se encontraba de este modo, sin traba alguna, con una mujer independiente que le gustaba y a la que sentía era necesario respetar.

Mientras iban carretera adelante, confundidos con la muchedumbre de excursionistas domingueros, pensaba: "Si me viera un amigo, fuese el que fuese, no me sería posible convencerle de que no voy de juerga con una conquista" .Y experimentaba una satisfacción íntima muy grande, algo así como el convencimiento de una superioridad, al pensar que sus relaciones con Libertad tenían un carácter de franca camaradería difícilmente comprensible para los otros jóvenes, acostumbrados a no conocer término medio entre la novia más o menos ñoña o más o menos avispada, y el "lío" para pasar el rato.

Libertad caminaba a su lado, contenta y serena, con su paso elástico de mujer no estorbada ni por corsé ni por tacones altos. Visiblemente, el pasear por el campo con un amigo no constituía para ella ninguna acción inaudita.

Para no venir cargados con paquetes grasientos no habían traído merienda.

—Comeremos donde sea —había dicho Luis—. Siempre encontraremos algún sitio donde nos hagan una tortilla y unos filetes.

Siguieron el camino de todo el mundo, y, ya cerca del río, se informaron: el único sitio en donde se servían viandas era un merendero de aspecto tan repulsivo que decidieron comprar algo y llevárselo para comer al aire libre.

—¡Como no quieran salchichón y cerveza! —ofreció el dueño del merendero, un tuerto inenarrablemente sucio, con boina y delantal verde y negro de tabernero, y que los miraba sonriendo procazmente dentro de sus barbas de quince días.

El menú no era muy tentador, y Luis, que había soñado con un almuerzo, si no lujoso, por lo menos *confortable,* que distrajese a Libertad de las comidas frugalísimas a que la sabía habituada, no pudo reprimir su disgusto:

—¡Almorzar con pan y salchichón! ¡Esto no se ve nada más que entre este pueblo de manchegos! —rezongó.

Pero Libertad se echó a reír:

—No refunfuñe, hombre. El salchichón, sin ser yantar de dioses, no es nada despreciable. Y el pan... ¡no digamos! Y que no nos falte, como decía mi madre, que, aunque sin título, era doctora en Filosofía.

—¡Qué buen humor tiene usted siempre! —admiró Luis, ya serenado—. Junto a usted no hay penas que valgan, ni siquiera contrariedades.

Y envolvió a la muchacha en una mirada de cariñosa complacencia.

Lo cual le ahorró ver cómo el dueño del merendero se limpiaba en el pantalón de pana mugrienta la navaja con que iba a cortar el poco apetitoso embuchado.

En la pequeña explanada naturalmente formada entre el merendero y el río, una muchedumbre dominguera, distribuida en pequeños corros, cubría la hierba con las manchas claras de los trajes estivales. Hacía un calor sofocante, y esa atmósfera particular al campo cercano a Madrid en días de fiesta, en que hasta el mismo sol parece despedir olor a aceite y a embutido.

Cruzábanse interjecciones soeces, bromas procaces, insultos... Sonaban carcajadas nerviosas de mujeres que ríen desvergüenzas, llantos de chicos, piropos chulones... Una madre reñía a voz en grito a una niña llamándola "gorrina, cochina", y amenazándola con "saltarle las muelas a la otra vez..." Un viejo, con un sombrero marinero de niño puesto de medio lado, y un delantal de mujer anudado al cuello, cantaba grotescamente "te quierooo..." en medio de un grupo que le jaleaba con entusiasmo... Toda la pradera estaba salpicada de papeles grasientos, botellas vacías y porquerías de chicos...

Luis, asqueado y molesto, miró a Libertad con desconsuelo.

—Vamos más lejos —propuso ésta—. Seguramente encontraremos un sitio algo recogido.

Cruzaron por entre los corros. A su paso las gentes se daban con el codo..., cuchicheaban... Cuando vieron que se aislaban, dieron rienda suelta a la zumba. So pena de pegarse con todos, Luis hubo de hacer como que no oía. Libertad, siempre tranquila, parecía efectivamente no oír nada.

Después de unos minutos de marcha, el río formaba un recodo, y en éste un pequeño remanso casi oculto entre las mimbreras. Allí se instalaron.

El bullicio de la muchedumbre percibíase apenas, cuando los sauces se agitaban levemente bajo un aire que no podía siquiera llamarse viento. Y entonces llegaba tan tamizado por la lejanía, que perdía toda su acritud.

Al poco, Luis había olvidado ya la desagradable impresión del principio. Medio tumbado en la hierba, apoyado en un codo, se hallaba, a causa de la pendiente del remanso, más bajo que Libertad, casi echado a sus pies. Y, en esta posición, viéndola en escorzo, con la firme plenitud de su busto, la redondez de su garganta blanquísima, la mancha ancha y viva de sus labios, y ese color de miel de la corta cabellera crespa, comprendía, como revelación repentina, cuán poderosa era la atracción sensual ejercida sobre él por esa muchacha a quien a veces, con entera buena fe, consideraba tan sólo como camarada, como una amiga de trato muy dulce, pero muy puro.

Estaba Libertad sentada con las rodillas en alto y las manos cruzadas sobre las rodillas. Y Luis pensaba que en ese momento se habría sentido totalmente feliz si hubiera podido reclinarse en el regazo de esa mujer, guardando entre las suyas una de esas manitas de piel tersa algo ruda y un poco morena.

Y ella, ¿en qué pensaba?

Alzó los ojos desde las manos hasta el rostro de la muchacha. Ésta, con el semblante revestido de gravedad, tal vez de melancolía, y la mirada perdida, parecía hallarse muy lejos del presente. Luis, en un súbito acceso de celos, recordó al hombre que, en los primeros tiempos, vivía con su amiga, y por el cual nunca se había atrevido a preguntarle.

Intentó bromear.

—¡Qué pensativa está usted, vecina!

Pero notó que sus palabras sonaban demasiado acerbas, y, dejándose llevar por sus sentimientos, prosiguió con amargura:

—¡Dios sabe lo que añorará usted en este momento!

—¿Qué voy a añorar? —interrogó ella, rechazando blandamente la insinuación.

—Eso, usted lo sabrá. Tal vez algún paseo semejante, en más grata compañía...

Libertad le miró de frente, y, muy seria, preguntó:

—¿Eso quiere decir...?

—No he querido ofenderla. Creí que había usted tenido un novio.

—Y lo he tenido, *un novio,* como dice usted —recalcó ella—. Pero no añoro nada. Si añorase algo... de lo que usted supone, en lugar de estar aquí, estaría con él.

Luis quedó silencioso. No sabía cómo expresar sus pensamientos. Temía ir demasiado lejos, y se reprochaba mentalmente el desperdiciar una ocasión, única quizás, de saber, por fin, lo que era Libertad.

Se decidió.

—Es que a veces... —comenzó, lanzando perezosamente guijarros al río y sin mirar a su amiga.

—A veces, aunque una no quiera, tiene que aguantarse, ¿no es eso? —acabó ésta.

—Hombre, yo no he dicho... —protestó él débilmente.

—No, si le repito que no me enfado —prosiguió tranquilamente Libertad—. Pero como yo, en esas cuestiones, no entiendo de dignidad ni de amor propio, de no ser que la muerte misma nos hubiera separado, puede asegurarle que, si yo debiese añorar algo, no estaría ahora aquí.

—Entonces, ¿no ha querido usted nunca? —preguntó Luis con la voz tomada por una emoción de esperanza.

—Sí, he querido. O, al menos, he creído querer, y con toda mi alma; hasta reírme de la vida a causa de mi amor... Más tarde, la vida se encargó de demostrarme que me equivocaba.

Dijo las últimas palabras con tristeza infinita.

—¿La he apenado? —preguntó Luis incorporándose, e inclinando su busto hacia el de la muchacha.

Ella sintiéndose compadecida, se ablandó.

—He sufrido mucho, Luis. Ya ve lo que le he dicho..., y estoy sola.

Había bajado la voz, y ésta se aterciopelaba con una aflicción contenida, en un desmayo súbito de esa energía que era el carácter distintivo de su timbre. Luis sintióse más impresionado que por una extensa lamentación.

—¡Canalla! —murmuró.

—No, ¿por qué? Él también se había equivocado. Nos separamos sin rencor.

—Y ahora, ¿no echa usted nada de menos?

Se había apenas atrevido a formular la pregunta. La respuesta vino al punto, firme, inesperada.

—Sí, quisiera haber tenido un hijo.

—¡Ah, claro! —apoyó Luis con una irritación que no supo dominar—. Si hubiera usted tenido un hijo, seguiría junto al padre.

—De ningún modo —declaró con fuerza Libertad—. Yo no sé hacer comedias, y comedias sería, con hijo o sin él, vivir con un hombre al que no me ligase ni amor ni estima. ¿No le parece?

—Claro, pero la gente...

—¿Qué gente? —atajó ella acalorándose—. ¿Esa gente que le vuelve la espalda a la madre sola, y admite toda vileza con tal que haya un pabellón legal para cubrir el contrabando? Yo, con mi hijo, no necesitaría de esa gente que, por mucho que me despreciara, no me despreciaría nunca tanto como yo a ella.

Luis recordó su matrimonio, el *chantage* de la seducción para pescar una posición social decorosa...

—¡Qué valiente es usted! —admiró.

—Valor no me ha faltado nunca para nada, es verdad, y, sobre todo, para ser sincera conmigo misma. Pero si tuviera un hijo, un hijo que fuese *sólo mío,* me parece que tendría fuerzas para arrostrarlo todo en el mundo.

Luis no se había imaginado jamás que pudiera existir una mujer así, tan distinta de Salud, de sus hermanas. Hasta entonces, la mayor perfección posible en mujer creíala encarnada en su madre, que, sin pensar siquiera por qué lo hacía, guardaba altivamente, como un dogma religioso, la honra de su casa; y, con ingenua convicción, creía, por su propia experiencia, que el interés era el móvil inicial del cariño y de la fidelidad femeninas. Y Libertad era seguramente de origen tan humilde como la antigua dependienta de la papelería. Más humilde tal vez. Desde luego se hallaba más desamparada.

Iba avanzando la tarde. El calor era ya soportable. El espaciado agitar de las mimbreras habíase convertido en una reverencia ininterrumpida que inclinaba cadenciosamente las ramas sobre el agua en que bañaba su desmesurado reflejo. De pronto surgieron, en la orilla opuesta, una veintena de hombres que se chapuzaron en el río completamente desnudos.

Eran los aficionados a la busca de cangrejos, que habían esperado a hacer la digestión para dedicarse a su deporte favorito. El agua no era lo bastante abundante para que perdieran pic; avanzaron hasta en medio del río, y empezaron por frotarse la cara con barro del fondo, celebrando con gran estrépito el aspecto que daba a cada uno tal embadurnamiento. Pasada la primera algazara, emprendieron la caza en serio, o sea renegando alternativamente de Cristo, de la Hostia y de la madre de los cangrejos.

Luis y Libertad, sorprendidos por este espectáculo impensado, dudaban qué decisión tomar, cuando uno de los cangrejistas, advirtiendo la presencia de una mujer, comunicó a los otros tan fausta nueva. Todos se apresuraron a acercarse, y, dando brincos para sacar fuera del agua la mayor parte posible de sus desnudeces, comenzaron a hacer gestos obscenos acompañados de chistes a tenor. No había más remedio que abandonar el campo y cruzar a la otra orilla por un vado de barro.

La otra orilla era dominio de los pescadores de caña, lo cual quiere decir que era imperio del más absoluto silencio. Cada pescador, aislado de los demás, sentado en un pequeño montículo, con las piernas colgantes, parecía, con su caña en ristre, su inmovilidad y lo absorto de su fisonomía, la severa divinidad de un culto desconocido. Hasta el semicírculo de chiquillos curiosos o igualmente preocupados que le rodeaban, completaba la ilusión, semejando bastante aceptablemente un coro de fieles.

Nuestros amigos quedaron encantados ante tanto recogimiento. Pero, ¡ay!, no franquean impunemente los profanos los lugares sagrados: en cuanto los chiquillos vieron pasar "a los dos esos" que se internaban entre los árboles, su infalible instinto de hijos de un pueblo que odia por igual todas las manifestaciones de la Naturaleza, sean pájaros o enamorados, indicóles la conveniencia de estorbar un coloquio que, según todos los indicios, prometía ser sabroso. Y, abandonando unánimemente la contemplación de los pescadores de caña, precipitáronse, entre las maldiciones en que éstos rompieron a causa del silencio profanado, en pos de los dos jóvenes, cercándolos casi, y profiriendo a voz en grito cuantas ocurrencias se les antojaba jocosas en relación con las circunstancias.

Luis, exasperado, volvióse violentamente hacia uno de los mayores, un golfillo de unos diez y seis años, con estigmas de todos los raquitismos y todos los vicios, e hizo ademán de abofetearle. El otro echó a correr como un galgo; los demás retrocedieron prudentemente, y, ya a cierta distancia, abrieron todos a un tiempo la espita de su ingenio y de su rabia, cuya fusión no daba frutos precisamente académicos.

Luis, fuera de sí, desatóse en improperios:

—¡Salvajes! ¡Brutos! ¡Animales!

Y hablaba de buscar a la guardia civil, al alcalde, no sabía ya a quien...

Libertad le calmó:

—No tienen ellos la culpa —dijo sonriendo tristemente.

—Pues sus padres —replicó Luis con la voz bronca y la cara congestionada.

—No, sus padres tampoco. ¡Pobres!

Y agitaba melancólicamente la cabeza con inconmensurable piedad.

Estaba visto que allí era imposible disfrutar de un punto de sosiego. El campo de los alrededores madrileños no admite aislamientos que amenazarían destruir la armonía uniforme de sus cuchipandas tradicionales con gritos, riñas y borracheras. Luis y Libertad comprendían cuán errónea había sido su ilusión al venir a San Fernando, y, de buena gana, hubieran regresado en el primer tren. Pero ninguno de los dos se atrevió a decirlo, temiendo desilusionar al otro.

Salieron a la carretera a esperar, dando paseos arriba y abajo, la hora del tren convenido al partir de Madrid. Libertad, siempre ecuánime, cogía las florecitas del borde para llevarse un ramo. Con su talle menudo, su cabellera corta y su alegría, parecía una chiquilla en quien no pueden ser duraderas las malas impresiones.

—¡Qué joven es usted! —murmuró Luis.

—¿Joven? Soy más vieja que usted. No, no vale reírse; mucho más vieja. Los años son lo de menos.

171

—¡Ah!, ¿sí?

—Sí, señor. Y si no, ¿qué hacía usted a los catorce años?

—Hombre, a los catorce años —respondió Luis extrañado y riéndose—, pues ir al colegio y hacer el burro.

—¿Lo ve usted? —triunfó Libertad—. Pues mientras usted hacía el burro, como dice, o sea, estudiaba un poco, jugaba mucho y se dejaba llevar de la mano de papá y mamá, yo, a los catorce años, comía lo que ganaba, y, cuando no ganaba, no comía.

—¿A los catorce años? —exclamó Luis asombrado—. ¿Y cómo ganaba usted?

—No faltan medios: he vendimiado, he fregado platos en un restaurante..., ¡qué sé yo...! No crea, aunque chiquitita, soy fuerte —explicó riendo.

Luis dudaba fuese una broma.

—¿Y sus padres? —preguntó.

Libertad dejó de coger flores, y se puso seria.

—Mi madre murió cuando yo era pequeña. Mi padre tuvo que venir a Barcelona;[51] estábamos en París, y..., no volvió.

—¿Ha muerto? —preguntó tímidamente Luis.

—Lo mataron. Tenía sus ideas, ¿sabe usted?

Luis asintió con la cabeza, y ella prosiguió, sin más detalles, sintiéndose comprendida:

—Me había dejado el cuarto pagado, y dinero para un mes. Luego, ¡qué otro remedio que valérmelas yo! Las ciudades grandes son muy duras para el pobre y para el que se encuentra solo. Trabajé donde pude y como pude; pero *sin quererme acostumbrar,* y eso me ha salvado. De noche leía, aprendía... Mi idea fija era venir a España, saber lo que había sido de mi padre. Que había muerto, no me cabía la

51. Parece aludir a la intervención de fuerzas anarquistas en Barcelona, en 1909, de consecuencias dramáticas en la llamada "semana trágica".

menor duda, pues si no me habría dado noticias suyas: me quería entrañablemente. Por fin logré reunir lo bastante para llegar hasta Marsella. En Marsella volví a trabajar unos meses hasta poder marchar a Barcelona. Allí, cuando llegué, todo estaba mal: los amigos de mi padre, unos estaban presos, otros habían huido. Uno de los pocos que encontré fue aquel con quien vine a Madrid...

Estaban uno frente a otro. Ella había hablado con sencillez, como si contase cosas vulgares y corrientes; advertíase su emoción tan sólo en el tono apagado que su voz había tomado insensiblemente, y en que hablaba con la cabeza baja, ocultando el rostro. Luis, más alto, tenía directamente ante sus ojos las ondas crespas de la cabellera pálida, y sentía ganas de apoyar la mano sobre esa cabeza de niña que sabía de la vida más que él, en un instintivo gesto de protección, en una caricia que fuese como la fraternal adhesión a todos sus sufrimientos.

Y quedaron un rato frente a frente, unidos por la confidencia, y separados por toda la timidez de su emoción.

* * *

El andén de la estación se hallaba atestado. Toda la gente traída por todos los trenes de la mañana había esperado este último tren de la tarde para disfrutar por completo el día de diversión. Allí estaban, como en una parada de humorismo, los tipos sempiternos de las excursiones domingueras: las familias artesanas cargadas de cestas y de chicos, los hombres algo achispados, las mujeres despeinadas, roncos todos de tanto gritar y reír durante diez horas seguidas; el alemán ataviado como para escalar el Tirol, con sus polainas y su mochila; los modestos comerciantes que se hacen visiblemente la ilusión, con sus guardapolvos, de haber ido de veraneo; y, dominando la compacta muchedumbre, dando a ésta, en la falsa luz del anochecer, un aspecto belicoso de partida guerrera, las innumerables cañas y escopetas de los devotos de Diana y del pescado frito.

Todo ello fundido, bañado, a pesar de la sutileza de la atmósfera, en un olor a aceite y a sudor.

El tren fue tomado por asalto, por las portezuelas cerradas, por las ventanillas, aun antes de haber parado. Sin casi saber cómo, arrastrados por la marejada, Luis y Libertad se encontraron en pie en el pasillo de un vagón corrido, cuya clase nadie se había preocupado en mirar. El suelo estaba lleno de bultos y de cestos, sin contar algunos morrales[52] que dejaban pasar las cabezas de las codornices, con un cuajarón de sangre junto al ojo.

En cuanto echó a andar el tren, un hombre, de pelo ya cano y cara encendida, comenzó a cantar jotas, acompañado por las palmas de sus amigos, y un niño de pecho, despertado al ruido, principió a llorar. En el banco en que se apoyaban de medio lado Luis y Libertad, un cazador que llevaba un conejo colgado de la canana, discutía con otro sentado en el banco de enfrente. Hablaba con mucha prosopopeya, sin prestar atención a la algarabía que había en torno; su interlocutor asentía con la cabeza, y, al callar él, contestó con el mismo énfasis, pero muy alto, para ser oído de los circunstantes y que todos pudiesen percatarse de la enjundia de su discurso: "Es que hay que distinguir entre las cosas *sujetibles* y las *ojetibles;*[53] todo está ahí, y aquí la gente no sabe distinguir".

Al pasar por Vicálvaro, entró en el vagón una rifadora, de esas de baraja, que rifaba un pañuelo de seda y un frasco de olor.[54] Poco antes de entrar en agujas volvió a pasar, gritando que había tocado en el siete de bastos.

---

52. *morrales*: aquí, bolsa que usan los cazadores para transportar la caza u otras provisiones.

53. *sujetibles y ojetibles*: formas paródicas del madrileñismo castizo, remedando cultismos mal usados en boca de personajes populares.

54. *frasco de olor:* frasco de perfume o de colonia.

Retrato de Margarita Nelken, que se reproduce
en la cubierta de *Por qué hicimos la revolución*
(Madrid, Ediciones Sociales Internacionales, 1936)

Margarita Nelken, simpatizante de las clases obreras, expresó siempre que ella era una obrera de la pluma. Criticó y ayudó mucho a los artistas, principalmente a los relacionados con la pintura.

Margarita Nelken, la Conocida Crítica de Arte ha Fallecido

La crítica de arte Margarita Nelken falleció ayer a la edad de 74 años, víctima de cáncer. Su penosa enfermedad se declaró abiertamente en octubre del año pasado, pero la inquieta escritora siguió trabajando hasta hace 15 días.

La noticia de su deceso causó pesar en los círculos artísticos y literarios, donde era de sobra conocida por sus críticas y escritos en diversos diarios y revistas que circulan en la capital mexicana.

Murió a las 6.30 horas de la mañana, en su residencia de Río Lerma 94, departamento 3. Le sobreviven su nieta Cuki Salas de Rivas, cuatro bisnietos y otros parientes.

El cuerpo, que desde ayer es velado en la agencia Gayosso de Sullivan y Rosas Moreno, será trasladado hoy, a las 11 horas, al panteón Jardín, donde recibirá cristiana sepultura.

Desde su juventud —según se apunta en sus datos biográficos— se dedicó a la crítica artística, principalmente la relacionada con la pintura.

Nació en Madrid, y en 1939 vino a radicar a México; desde esa fecha hasta el momen-

to de su muerte vivió entre nosotros y se hizo amiga de los más destacados pintores y muralistas, como Diego Rivera, Alfaro Siqueiros, y otros.

Cuando era presidente de la República el licenciado Miguel Alemán, dio conferencias por toda Europa sobre los murales de Bonampak. Sencilla por convicción y enemiga de las condecoraciones y homenajes, recibió por ese trabajo y por otros muchos, únicamente felicitaciones y mensajes de gratitud. Para ella —así lo expresaba—, eso era más que suficiente.

Margarita Nelken fue maestra de arte en los museos Del Prado y Louvre. Fue presidenta del comité de ayuda a los presos políticos españoles.

Escribió novelas, como Primer Frente y Por qué Hicimos la Revolución; tradujo La Historia del Arte, de Ellie Faure y Las Torres del Kremlin.

Escribió también monografías de Ignacio Asúnsolo, Carlos Mérida y Carlos Orozco Romero; asimismo, publicó otros escritos sobre José Clemente Orozco, Diego Rivera, David Alfaro Siqueiros y Rufino Tamayo.

Artículo publicado en el periódico *Novedades* de México (marzo de 1968).

La llegada a Madrid pareció el desembarque de un tren de emigrantes.

Libertad estaba rendida. Le dolía atrozmente la cabeza. Luis también tenía la impresión de que regresaban de un gran viaje. Propuso tomar un coche, pero ella rechazó el ofrecimiento, y él no quiso insistir, no sabiendo si la muchacha no había aceptado por delicadeza ante el gasto superfluo o por reserva.

Hasta Sol fueron tan apretados en la plataforma del tranvía, que apenas si podían verse. Después, un señor le cedió su asiento a Libertad, y se encontraron separados.

Cuando se apearon, ella le dijo que quería entrar sola en casa, por los porteros.

—¿Va usted a ocuparse...? —comenzó Luis.

Pero ella le atajó.

—No es por mí.

Y él no supo ya protestar.

Se despidieron con un simple ¡adiós!, y Luis la vio alejarse, sola, con su cansancio y el dolor de sus recuerdos, como si se llevase, entre sus brazos mortificados por los más rudos trabajos, toda la energía del mundo y todo lo que hacía que la vida valiese la pena de vivirse.

II

LA ESPERANZA, DIOSA CORDIAL

A fines de septiembre, doña María del Rosario y sus hijas abandonaron Peñaluz, y Salud y la niña volvieron a Madrid.

A las dos les había sentado admirablemente el veraneo: la niña estaba desconocida, crecida y tostada por el aire del

175

campo, y fortalecida por una alimentación más racional que aquélla a que acostumbraba; y Salud también, más gruesa, y elegantizada por los trajes de luto, estaba más guapa y fresca que nunca.

El vivir con su suegra y sus cuñadas la había afinado bastante; se comprendía que se había aplicado a imitarlas. Al principio, su marido no volvía de su asombro, oyéndola hablar acompasadamente, y viéndola sentarse a almorzar ya peinada y arreglada. Mas, esto pasó pronto; y, a los pocos días de haber regresado su familia, Luis pudo figurarse que el paréntesis veraniego había sido un dulce sueño.

Pero era un sueño cuyas huellas perduraban en la realidad.

La vuelta de Salud suprimió naturalmente la intimidad con "la vecinita". Desde la excursión a San Fernando y la confianza a que se dejó llevar allí la muchacha, la camaradería entre los dos amigos había tomado insensiblemente un tinte más íntimo. Libertad, ya vencido su recelo, gustaba de relatar episodios de la vida azarosa de su niñez y su adolescencia. Lo contaba todo sencillamente, sin hacer nada por formarse la aureola que poco a poco iba nimbándola ante su confidente; y Luis, a su vez, le contaba lo que no creía poder confesar jamás a nadie: el fracaso irremediable de su juventud. Ella le escuchaba sin remilgos ni falsa hipocresía. Comprendía que con su atención hacía un don maravilloso de efusión y de cordialidad, y lo hacía afectuosamente; pero sin subrayar la amargura de las confidencias con ningún comentario.

—¡Si la hubiese conocido a usted antes! —gimió él un día.

—Más vale que no, créame —replicó ella—. No nos habríamos comprendido, y, probablemente, no hubiéramos sido amigos.

Y era verdad. Años atrás, antes de que su propia experiencia le hubiera enseñado que lo esencial en la vida es vivir sinceramente para consigo mismo, Luis no hubiera sin duda apreciado todo el valor de un carácter que su fuerza de sinceridad había guiado siempre por un camino muy estrecho y muy distante de las vías trazadas.

Y, poco a poco, fatalmente, Libertad llegó a serle indispensable. La necesitaba, no como había necesitado a los veinte años a la muchacha bonita cuya belleza deseaba, sino para vivir junto a ella, no sabía siquiera si carnal o fraternalmente. La necesitaba, exigida por todas sus aspiraciones y todos sus afanes de hombre ya consciente del rumbo que le conviene dar a su existencia. Solo y dueño de sus actos, tal vez habríase contentado con la amistad franca y cordial de esta amiga que podía ser, a la vez, su mejor amigo: con Salud en casa, impidiendo toda posibilidad de camaradería, Libertad adquiría el prestigio de lo inaccesible.

Entre ellos, como no había habido todavía ninguna frase equívoca, el cambio se hizo sin necesidad de explicaciones:

—Mañana vuelven —dijo simplemente Luis, que había retrasado hasta el último momento el anuncio de la infausta nueva.

—¡Ah! —respondió solamente Libertad.

Luego, aunque los dos sentían la necesidad de dejar definido el porvenir, ninguno había querido parecer saber que algo habría de variar en sus relaciones, y se habían aplicado, por el contrario, a hablar de cosas indiferentes.

Al otro día, la puerta de la terraza de Libertad permaneció cerrada. Su cuarto, hermético y silencioso, parecía deshabitado. Pero, a la noche, cuando estaba cenando, Luis sintió que su amiga salía a regar sus macetas. Y fue tan tremendo el odio que en aquel instante experimentó hacia su mujer, que hubo de romper bruscamente una copa para desahogo del impulso de sus nervios.

—Ya podías tener cuidado, hijo —recriminó agriamente Salud—. ¡Ni que nos las regalasen!

—No he podido contenerme; ha sido nervioso.

Salud le miró extrañada. Desde su regreso, advertía algo raro en su marido; un algo que no podía definir, pero que la hacía estar en acecho como una gata.

Mas Luis llevaba la vida de siempre y no presentaba exteriormente ningún síntoma extraordinario.

* * *

Don Sabino había ido a dar una vuelta por su feudo caciqueril lo cual quiere decir que sus secretarios se pasaban el tiempo dedicados a sus ocupaciones particulares, o sea discutiendo acaloradamente la supremacía de tal cupletista y el talento de tal político. Simancas, como de costumbre, arreglábase minuciosamente las uñas, recogiendo en los pequeños utensilios de metal sacados del cajón principal de su mesa —lo que el llamaba "el tocador"— todo el brillo de la escasa luz que iluminaba la estancia en esa tarde ya inverniza. Lozano y Luis fumaban distraídamente, y únicamente Jardines, acurrucado, como siempre, tras de los papelotes que desbordaban en torno suyo, copiaba sin descanso sus invariables expedientes.

Entró el ordenanza:

—Señor Jardines, preguntan por usted.

El pobre hombre quedóse atónito, con la pluma en el aire, la boca abierta, y las cejas levantadas en un gesto exagerado que le plisaba la frente, y hasta la calva, como un odre vacío.

¿A qué venían, si sabían que no estaba don Sabino?

—Conque ésas nos traemos, ¿eh? —bromeó Simancas, dejando la lima para coger el pulidor—. ¿Hasta aquí le vienen a buscar las conquistas?

Jardines le lanzó una mirada de carnero moribundo, o de hombre de antemano preparado a todas las catástrofes, y salió sin responder.

—Le habrá nacido otro chico —comentó García Lozano—. ¡Como eran pocos!

—La verdad —repuso Simancas— que no se comprende como hay hombres que puedan vivir así.

—Los hay que nacen para bestias—afirmó el otro.

—Pues su mujer no ha debido de ser fea: tiene buenos ojos; los dientes bonitos...

—Lo malo es que es buena. Una mujer honrada, en esas condiciones, es una calamidad. Le mata a uno con las consideraciones que hay que guardarle.

—La verdad es que la pobre...

—¡Bah, cualquiera se fía!...

La vuelta de Jardines interrumpió las carcajadas que coreaban el diálogo. Estaba trémulo, y toda su personilla arrugada, presa de excitación, daba la impresión de un arbolillo retorcido por un vendaval.

—Tengo que marcharme —disculpóse mientras descolgaba atropelladamente de la percha su gabán descolorido y su sombrero informe—. Mi mujer..., un aborto... ¡Jesús!... ¡Jesús!...

Los otros se condolieron: no sería grave..., apurarse era peor...

—Gracias...; sí, tienen razón... ¡Jesús!... ¡Jesús!...

Daba vueltas de ratón, sin acertar a irse. Por fin se marchó.

—Hombre, por esta vez ha tenido suerte —exclamó García Lozano cuando se hubo cerrado la puerta.

Luis había escuchado sin decir palabra. De la conversación de sus compañeros, unas frases se le habían quedado grabadas, como axiomas, y se las aplicaba a su propio caso, recreándose en su cinismo. Sí, era verdad: había veces en que lo peor era que una mujer fuese honrada. Si siquiera Salud...

Con la instantaneidad con que uno fragua idealmente la realización de sus deseos, su imaginación le componía el cuadro de lo que habría de suceder entonces: mandaría a la niña con su

179

madre, y, con absoluta libertad de conciencia —seguramente doña María del Rosario la educaría mejor que Salud —podría vivir tranquilo; podría reposar sus nervios de la tensión a que constantemente los forzaba...

Hipócritamente, no quiso detener sus pensamientos en lo que constituía el verdadero afán de su deseo, pero la fuerza de éste llegó poco a poco a convencerle de la posibilidad de su consecución. ¡Cualquiera se fía!..., había dicho Simancas. ¡Y hablaba de la infeliz esposa de Jardines!

¿Quién sabe si no estaría haciendo el primo? Acumulaba cargos: la intimidad con Encarna, los lamentos de doña Ascensión acerca de la estrechez en que se debatía el matrimonio... La cabra siempre tira al monte... De casta le viene al galgo... Y Salud se volvía loca de envidia en cuanto oía hablar de lujos y dispendios. Sin contar con que tampoco ella debía de considerarse satisfecha con su vida conyugal.

Al volver a su casa, su autosugestión habíale casi convencido de la infidelidad de su mujer. *Tenía que ser.*

Empezó entonces una existencia folletinesca, de doble aspecto, en que todas las palabras, todos los gestos de Salud, fueron minuciosamente analizados y meditados por su marido; todos sus pasos comprobados. En que todos los ratos libres de Luis, es decir todos los que pudo distraer de otros quehaceres sin despertar sospechas, fueron dedicados a una actividad detectivesca...

Pero esta autosugestión se agotó pronto, falta del más nimio detalle que la alimentase. La existencia de Salud era, en su materialismo casi animal, demasiado sencilla y transparente para ocultar en su fondo nada pecaminoso. Salía a menudo con Encarna, es verdad, más se llevaba siempre a la niña y a la muchacha, y sus correrías no franqueaban los límites de un paseo en auto, con la consabida merienda en algún sitio caro, lo cual le parecía el colmo de la elegancia. El amante de Encarna, muy celoso, la tenía atada corto, y ella

se hubiera cuidado muy mucho de cualquier paso suscepti-
ble de comprometer en lo más mínimo la estabilidad de su
espléndida situación. En cuanto a la prendera, su hija, desde
el viaje a Peñaluz, la tenía bastante distanciada, comprendiendo sin duda lo denigrante de un parentesco tan diferente de la que ya consideraba como su verdadera familia. Y así
Luis, regresando a su casa dispuesto a dar rienda suelta a su
justa cólera de esposo ultrajado, se encontraba a su mujer
cosiendo tranquilamente, sin corsé, en chancletas y chambra
de franela; o tenía que escuchar el relato detallado del último chisme traído de la compra por la chica, la compra en
donde, además, las cosas subían que era un horror; de la última travesura de la niña, que la volvía a una loca, o de una
merienda en el Palace o en Molinero,[55] de donde volvía
achicharrada y frenética, pues, falta de traje adecuado, no se
había podido quitar el abrigo, por no hacer el ridículo.

Al cabo de unas semanas, después de haberse gastado
incluso veinte pesetas en honorarios de un detective para
"investigaciones particulares", que se anunciaba en la cuar-
ta plana de los periódicos, Luis, cada vez más hastiado e irri-
tado en su casa, hubo de convencerse dolorosamente de que
había mujeres de quienes era efectivamente una desgracia el
tener que reconocer que no eran malas.

No obstante, no perdía la esperanza. Estaba seguro de que
algo habría de salvarle indefectiblemente. Sus entrevistas con
Libertad habían tenido que espaciarse bastante. Con el invierno, ésta había vuelto a su plan de vida habitual: trabajaba mucho, y se pasaba la mayor parte del tiempo en la biblioteca del
Ateneo. Los domingos solía descansar; pero Luis no se atrevía a proponerle entonces un paseo que hubiera revestido

55. *en el Palace o en Molinero*: se refiere al Hotel Palace, en el actual
emplazamiento, y a Sicilia Molinero. Éste era un elegante salón de té, próximo a la Puerta del Sol.

forzosamente las apariencias de una aventura de tapadillo, temiendo ofender con ello la susceptibilidad de la muchacha, que nada tenía que ocultar de por sí. Mas, las raras veces que le era dado pasar un rato con su amiga, en lugar de rabia o de pena, experimentaba una serenidad extraordinaria: tenía la certidumbre inquebrantable de que un día no lejano llegaría mágicamente a ser libre, y, aunque sin cortejar a la que en broma saludaba aún a menudo llamándola "vecina", considerábala con la tranquila confianza con que un novio *formal* mira a la mujer que sabe ha de ser suya para toda la vida.

Una vez, pasando de noche por la calle del Prado, la vio salir del Ateneo, acompañada de un hombre que, desde lejos, le pareció joven y apuesto. Se quedó parado en medio de la acera, con la sensación de que le acababan de asestar un martillazo en la nuca. Y así, inmóvil, contempló a Libertad y al desconocido avanzar calle arriba en su dirección y pasar junto a él.

—¡Adiós! —dijo Libertad con una sonrisa.

—¡Adiós! —contestó él maquinalmente tocándose el sombrero.

Unos pasos después el desconocido se despidió de la muchacha, tomando por la calle de Ventura de la Vega, y ella volvió hacia Luis.

—¿Que tal? —preguntó, con su sonrisa de siempre, alargándole la mano.

Pero él, sin responder al saludo, exclamó acerbamente:

—¡Menos mal que al fin se acuerda usted de los amigos! Como la vi tan bien acompañada, no me acerqué.

Ella pareció no reparar en el significado de la frase, ni en el tono con que era pronunciada.

—Es un chico muy inteligente —explicó—. Trabaja en un pupitre frente al mío, y, a veces, me ayuda. Acaba de ganar unas oposiciones, y se va a casar el mes que viene con una compañera de estudio, una chica que vale muchísimo también.

Luis la miró. Había hablado sin parecer dar importancia a sus palabras, pero no cabía duda: había querido tranquilizarle. Ella también sentíase por lo visto, en cierto modo, ligada a él. Ligada por todas las esperanzas de la compenetración espiritual nacida paulatinamente, con fuerza insospechada, de su camaradería.

Bajaron hasta el Prado, y llegaron juntos hasta la Cibeles, charlando tranquilamente, como siempre lo hacían. Al separarse, Luis le apretó la mano algo más que de costumbre, mirándola a los ojos con una sonrisa de alegría enternecida. Ella respondió a la sonrisa y a la mirada, como aceptando el pacto.

—Mañana vendré a buscarla.

—Bueno.

Y Luis empezó a ir regularmente a buscarla a eso de las nueve. En lugar de emprender directamente el camino de casa, llegaban hasta Neptuno, y algunas veces también, cuando era más temprano, bajaban por el Prado hasta Atocha. No hablaban de amor, pero, insensiblemente, fueron haciendo proyectos. Veladamente, más con el deseo de engañarse a sí propio que con el de ilusionar a su amiga, Luis había insinuado la posibilidad de mandar definitivamente a su mujer y a su hija a Peñaluz. Otra vez, después de haber vuelto sobre lo mismo, suspiró:

—¡Cuando eso sea...!

Libertad nada había contestado, pero había tenido una sonrisa cariñosa en que Luis creyó adivinar la aceptación y el complemento de su frase.

Un día, subieron por la calle de Espalter hasta la de Alfonso XII, y, una de las miserables mujeres apoyadas en la verja del Botánico,[56] exclamó:

---

56. *Botánico*: Jardín Botánico, obra de Juan de Villanueva, sobre proyectos iniciales de Francisco Sabatini, fue inaugurado por Carlos III, en 1781. Está situado junto al Museo del Prado.

—¡Qué pareja más rica, madre!

E, instintivamente, los dos se miraron, de pronto emocionados, como sintiéndose unidos por el requiebro de la pobre mercadera de amor.

III

LOS PRESENTES DEL DESTINO

Y llegó lo inesperado, ese capricho del Destino que Luis anhelaba con la certidumbre de que había de cambiar toda su vida, y a cuyo advenimiento confiaba la solución de su desquiciada existencia. Pero ya decían los antiguos que conviene representar al Destino con los ojos cerrados, y dispensando a tientas los beneficios y males de este mundo.

Una noche, al regresar a casa para cenar, más tarde todavía que de costumbre, Luis se encontró el comedor a obscuras y la mesa sin poner. Salud estaba en la alcoba, junto a la cuna de la niña, con los ojos fijos en la carita arrebatada.[57] Al sentir a su marido, se volvió a medias:

—No sé lo que tiene; abrasa de fiebre. He mandado a la chica a casa del médico, y no acaba de volver.

Hablaba con voz de sonámbula, entregada toda al mal misterioso que apresaba de pronto a su hija.

La víspera, el matrimonio había tenido una disputa, y desde entonces no habían cruzado palabra: ella, encerrada en una dignidad convencional, y él excusando los pretextos de reconciliación.

Luis no supo qué contestar, pareciéndole incongruente toda frase de afecto para intentar tranquilizar a su mujer,

---

57. *arrebatada*: de color rojo, muy encendido.

cuya actitud reprochaba claramente la ausencia prolongada del padre junto a la niña enferma.

Se fue a sentar al otro lado de la cuna, y esperó, con igual ansiedad que Salud, la llegada del médico.

Tardó éste bastante. Era un hombre jovial, que gustaba gastar bromas con sus clientes. Esta vez, reconoció a la nena sin decir palabra. Interrogó luego minuciosamente a la madre, escribió una receta, ordenó unos baños, y se despidió sin esbozar siquiera una sonrisa.

En la puerta, Luis le preguntó la verdad.

—No se lo ocultaré: el caso es grave —respondió el facultativo sin ambages—, se trata de un empacho formidable, y temo la meningitis. En fin, la niña es robusta...

Se marchó sin dar más esperanzas.

Cuando su marido entró nuevamente en la alcoba, Salud le miró, y, sin preguntar nada, se echó a llorar abrazada a su hija.

La noche fue interminable. El primer baño pareció no surtir efecto alguno. Poco después, la niña comenzó a delirar. Salud no cesaba de llorar, con grandes sollozos que la anonadaban. Luis hubo de ocuparse él mismo de preparar el segundo baño, pues la criada sólo sabía relatar prolijamente todas las enfermedades de chicos que había presenciado en las diversas casas en que había servido, sin olvidar además las consiguientes defunciones, y Luis la había echado del cuarto.

Durante todo el día, la enfermedad quedó estacionaria. El médico vino dos veces, y torció el gesto, sin disimular su mala impresión. Luis, cuando le acompañó hasta la puerta, ya no se atrevió a interrogarle.

A los tres días, cesó el delirio, substituido sin transición alguna por una postración tremenda. A pesar de la fiebre, que no menguaba, la niña estaba completamente descolorida. Con los ojos hundidos, la nariz apretada, la boca entreabierta y las orejas transparentes, parecía muerta. El médico había prescrito chorros constantes de agua fría por la frente y la espalda. Salud la tenía en su regazo y, cada cinco minutos, Luis descubría la manta que envolvía a la enfermita, y le exprimía encima una esponja empapada. Ni aun así se movía: parecía haber perdido ya por completo la sensibilidad.

A la madrugada, la luz se apagó, y hubo que abrir las maderas. La claridad verdosa del amanecer dio a la criaturita inerme un tinte de cadáver.

Salud, enloquecida, tuvo una crisis nerviosa horrible, en la que se arañaba la cara, invocando a todos los santos y vírgenes milagrosas, ofreciéndoles promesas fantásticas a cambio de la vida de su hija. Entre doña Ascensión y la criada se la llevaron a otra habitación, y Luis quedó solo con su hija en brazos.

Era la primera vez que la tenía en sus rodillas como una madre, y la primera vez que se encontraba tan solo con ella. Le pareció que era de él nada más, sintiéndose investido, por su dolor, de una paternidad inmaculada; e, informuladamente, profundamente, desde lo más recóndito de su ser, le pidió perdón por haberla traído a un mundo en donde todo es sufrimiento, hasta para los seres más inocentes. La niña entreabrió los ojos, unos ojos vidriosos, sin llama de vida, y los volvió a cerrar, dejando pasar entre los párpados un poco del blanco opaco y mortecino de la córnea. Luis se estremeció y apretó más fuertemente contra él el cuerpecito, defendiéndole con ese gesto instintivo de leona que tienen las madres para guardar a sus cachorros. No podía hacer promesas religiosas como Salud, pero ofreció mentalmente toda su fuerza de amor a su hija. Hubiera hecho el mayor de los sacrificios porque en aquel momento asomase una señal de vida al rostro cadavérico de la niña. Y contuvo su congoja para no dejar de oír el soplo, casi imperceptible ya, que salía de la boquita contraída.

186

Cuando volvió Salud, la claridad del día se había ya definido. La niña tenía algo más de flexibilidad en los miembros, menos tirantez en las facciones, y había desaparecido el tinte verdoso de la cara. Salud se apoderó de ella violentamente, como de algo que le perteneciese a ella sola. Luis, sin decir nada, arrimó una silla y cogió entre las suyas una de las manitas inertes.

Aquel día el médico, por primera vez, habló de esperanzas.

A Luis le pareció que le quitaban los grillos que habían apresado su pecho durante las horas inacabables del peligro; y, recordando ciertas ideas de liberación nacidas de ese mismo peligro y desechadas al punto como monstruosas, pero cuya insistencia le había perseguido a pesar suyo durante toda la enfermedad de su hija, comprendió que su verdadera esclavitud estaba en la existencia de esa niña, por cuya conservación hubiera dado hasta su última gota de sangre, y sintió crecer en él, como una victoria, el amargo orgullo de su paternidad. Más que nunca, le pareció que su hija dependía de él únicamente, y, sin querer acordarse de la aflicción de Salud, despreció la grandeza de las angustias instintivas de la madre, frente a la aceptación grandiosa de su propio cariño.

La niña se restableció con la prontitud con que se reponen los niños, y, pasados unos días, de aquellas horas en que la vida de la casa había estado suspendida en torno a la cuna, sólo quedó en el corazón de la mujer el afán irresistible de otra fecundación que nivelase en adelante las zozobras sin consuelo del amor a un hijo único.

* * *

El tiempo en que la vida de su hija estuvo en peligro, Luis, naturalmente, no había salido de casa.

Cuando, después de varios días, fue al Ateneo, a buscar a Libertad, no la encontró. Pensó que estaría mala, y se precipitó en un continental[58] para pedirle noticias y expresarle su temor.

Esperó la contestación paseando nerviosamente ante las ventanillas, sin parar mientes en las miradas burlonamente curiosas de los empleados.

Al cabo de una hora, regresó el recadero con la carta: la destinataria no estaba en casa.

Luis tornó al Ateneo, decidido a interrogar al conserje y a algunos camaradas de estudio de Libertad que conocía de vista. Pero, terminaba una conferencia, y el vestíbulo estaba precisamente lleno de gente; no quiso dar publicidad a su zozobra y exponer con ello la reputación de la muchacha a torcidas interpretaciones. Y prefirió renunciar de momento a sus pesquisas.

Maquinalmente, bajó hasta Neptuno. Quiso tranquilizarse: ¿tal vez una ocupación repentina?... ¿Cualquier circunstancia fortuita?...

Pero su inquietud, una inquietud tenaz de punzante corazonada, podía más que sus razonamientos. Conocía al detalle la vida de su amiga: nada podía tener que hacer a esa hora; nada hacía nunca, fuera de trabajar en la biblioteca del Ateneo, esperando que él la viniese a buscar. Y, aunque una variación imprevista hubiese mediado de pronto, ¿no era lo natural que, después de esos días de separación, le esperase allí, donde sabía que había de ir a buscarla?

¿Cabía otra idea que la de una ansiedad común y de un mismo afán por volverse a ver?

La única explicación hubiera sido una enfermedad; pero, puesto que había salido...

Y Luis sentía su intranquilidad crecer en su interior como una fiebre.

58. *continental*: agencia privada dedicada al servicio de mensajes (*DRAE*).

Era todavía temprano para volver a casa. La idea de meterse en ese comedor estrecho a esperar la hora de la cena frente a su mujer, que, extrañada de verle llegar tan pronto, le asaetearía a preguntas e indirectas, le era insufrible. Estuvo un rato dando vueltas al azar; mas, el deambular así por los sitios por donde paseaba siempre su precaria felicidad, causábale una desazón insoportable. Decididamente, prefería irse a casa.

Al llegar ante su puerta, o sea frente a la puerta del cuarto de Libertad, comprendió que le sería imposible esperar hasta la tarde siguiente con esa duda. En un pedazo de papel escribió:

Libertad, habrá usted sabido lo de la niña. Hoy estuve en el Ateneo y estoy loco de inquietud. Le suplico, por lo que más quiera, no deje de mandarme mañana a la oficina recado de en dónde podré verla en seguida.

Miró si nadie le observaba y, agachándose rápidamente, echó el papel por debajo de la puerta.

IV

LOS DÍAS FRÍOS

Don Sabino estaba de pésimo humor.
Uno de los principales diarios había tenido la mala ocurrencia de meterse allí donde nadie le llamaba, y de sacar, a lo que pomposamente apellidaba *la luz de la vindicta pública,* algunos de los hechos más salientes de su cacicazgo.

No era esta la primera vez que algún periodista falto de inspiración se ocupaba, con escasa benevolencia, de don Sabino; pero, hasta ahora, los paladines de los desdichados labriegos de aquel rincón perdido de Galicia habían sido, por lo general, escritorzuelos desaprensivos, cuya tentativa de *chantage* en hojas de escasa circulación no era muy difícil acallar.

Y esta vez, he aquí que, en lugar de una campaña con visos *chantagistas* más o menos declarados, nuestro hombre se las había con una verdadera campaña de Prensa, metódicamente organizada, y dirigida, a todas luces, por un temible enemigo.

Desde unos días don Sabino estaba, pues, de un humor de mil diablos, y sus secretarios se atrevían apenas a respirar. El mismo Simancas no se decidía a sacar su instrumental de manicura sino de cuando en cuando, y llegó incluso, a ratos, a hacer como que escribía.

Aquella mañana don Sabino no había hecho todavía acto de presencia en su despacho; pero el diario de marras había aparecido con un fondo cuyo título era: "Ya no se puede tolerar: el decoro público ante todo", y no hacía falta mucha imaginación para comprender cuál sería el estado de ánimo del prohombre.

Jardines, más encogido que nunca, repetíase de continuo, como un ensalmo, esta súplica mental: —¡Que no vengan hoy a pedirme nada, Dios mío!

La voz desafinada del reloj de pared sonó pausadamente once veces. Libertad no mandaba ningún recado. Luis, incapaz ya de contener su impaciencia, dejó el trabajo y, acercándose al balcón, inició un dificultoso ejercicio pianístico sobre los cristales.

En aquel instante, don Sabino abrió violentamente la puerta de su despacho particular y, sorprendiendo al muchacho en esa ocupación extraoficial, halló al punto un desagüe a propósito para la bilis que tenía amasada. Sin cuidar de los demás oyentes, ni reparar en que descomponía la corrección de la figura que quería siempre aparentar, soltó, ante sus secretarios atónitos, unas cuantas blasfemias carreteriles y exclamó, con gestos y entonación ocultamente sobrevivido desde los años mozos pasados entre riñas de puerto:

—Oiga usted, Otura: ¿es que se ha creído usted que le pago para que se pase el día hurgándose las narices?

Luis, pensando que su jefe era víctima de un repentino ataque de locura, no supo, al pronto, sino que murmurar:

—¡Pero don Sabino!...

—¡Qué don Sabino ni qué niño muerto! O ¿es que encima se me va usted a insolentar? Sabrá usted, de una vez para siempre, que en mi casa no quiero vagos. Conque, si lo quiere lo toma, y si no, ¡abur!

Luis ya había recobrado su sangre fría.

—¡Abur! —contestó—. A mí, ni usted ni nadie me habla en ese tono.

—¡Pues vaya muy con Dios!

Y, después de esta inesperada salida de Júpiter tonante[59] —un Júpiter con aspecto muy poco divino, hay que reconocerlo—, don Sabino entróse en su despacho, dando un portazo que hizo retemblar toda la casa.

Los secretarios no volvían de su asombro. Luis, muy nervioso, se puso inmediatamente a recoger algunas menudencias personales que tenía sobre la mesa. Simancas, a quien la sorpresa le había hecho caer el pulidor de las manos, quiso detenerle:

—¡Que esto no puede ser en serio, hombre! Un momento de ofuscación, cualquiera lo tiene: lo del periodiquito que le trae a mal traer... Nada, hombre, que mañana ya nadie se acuerda de esto, y aquí no ha pasado ni *pío*.

Jardines, con su preparación anticipadamente resignada a todas las catástrofes, suspiraba sin cesar:

—¡Dios mío! ¡Dios mío!

Suspiro que variaba al cabo de un rato por el de:

59. *tonante*: epíteto atribuido a Júpiter, "que truena".

—¡Jesús! ¡Jesús!

García Lozano también tuvo unas frases para tranquilizar al camarada infortunado; pero, bajo su aparente cordialidad, disimulábase mal la satisfacción que sentía al ver "quitársele de en medio" al único compañero capaz de hacerle sombra ante los favores del jefe.

Luis quiso partir heroicamente. Abrazó a Simancas, cuya frivolidad comprendía abrigaba para él en aquel instante un sentimiento de verdadero compañerismo; dio la mano a los demás y, desde la puerta, gritó un "¡Ahí queda eso!", que le salió con bastante naturalidad.

Todavía no sabía si debía lamentar lo ocurrido o alegrarse de ello. Cuatro años había pasado en la oficina de don Sabino, y la abandonaba con el mismo aseo con que había entrado en ella, y con un odio mucho mayor. Le parecía que odiaba allí hasta el color del empapelado. En su falta de voluntad, o de suerte, por labrarse, en contra de todas las contingencias, un modo de vivir más acorde con sus aspiraciones y sus gustos, no había querido ver nunca el lado bueno de su empleo que, aunque mezquinamente, le cubría las más perentorias necesidades, y le daba esa tranquilidad de la existencia asegurada. Confusamente, reprochábale, por el contrario, el robarle un tiempo precioso para ocupaciones más elevadas.

¡Bah! ¿Quién sabe si el destemple de don Sabino, en lugar del desastre que parecía a primera vista, no sería un beneficio?

Estaba a principios de mes; tenía derecho a exigir el pago de otra mensualidad más: muy dejado de la mano de Dios habría de estar para no encontrar en ese tiempo alguna posición decorosa. Su optimismo natural se sobrepuso a la impresión del momento: no hay mal que por bien no venga... Para evitar escenas desagradables, nada diría en su casa hasta tener otro medio de vida, y, por lo pronto, podría disponer así tranquilamente de cuantas horas quisiera.

La idea de Libertad, apartada de su imaginación únicamente en el preciso momento de la escena con don Sabino, se le hizo más obsesionante. Al llegar al portal, ya sólo pensaba en su amiga, y todas las preocupaciones de porvenir, todos los imperativos de solución económica inmediata habían quedado anulados por la inquietud creciente que ésta le inspiraba.

No se atrevía a moverse del portal, por no perder el recado que la muchacha *no podía por menos de enviarle.* Paró a dos o tres chicos que entraron y que podían ser mandaderos; mas, ninguno traía nada para él.

Miraba constantemente el reloj. Cerca de la una, su nerviosidad aumentó con el temor de que, a la salida, sus antiguos compañeros le encontrasen allí, y de no saber cómo justificar su presencia. Sin embargo, no se decidía a marcharse.

La larga estación en pie y las emociones le habían rendido. Poco a poco, desmayaba su energía ficticia. Libertad, decididamente, no le avisaba... Se sintió solo, abandonado... Se apoyó contra la pared del portal y cerró a medias los ojos...

Un ligero toque en el brazo le sobresaltó:

—¿Le despierto? —preguntó sonriendo Libertad.

Traía la cara enrojecida por el frío, la corta cabellera revuelta por el aire, los ojos y los dientes muy brillantes. Toda su persona respiraba animación y vigor.

Luis sintióse de pronto fortalecido y aplomado:

—¡Gracias! —murmuró instintivamente, sonriendo también.

—Gracias, ¿de qué?

—No sé. De haber venido... No haga usted caso: estoy algo chiflado, pero déjeme que le dé las gracias.

—¿Le ocurre algo? —preguntó ella sorprendida.

No le había visto nunca tan excitado.

—No. Es decir, sí. Bueno, que me he quedado cesante. Pero eso no tiene importancia. Vamos andando.

Cruzaron al andén central del paseo.

—¿Cómo que no tiene importancia? ¿Pero, qué ha pasado?

—Nada, no importa. Hábleme de usted...

Pero la muchacha insistió, y tuvo que contarle lo ocurrido en la oficina. Al final, añadió que no estaba nada preocupado.

—Sí, tal vez sea un bien —asintió ella—. A mí, cada vez que me he dado un batacazo, me ha infundido energías para luchar mejor, y, a la larga, he salido ganando.

En aquel momento, Luis también se sentía capaz de todas las energías y apto para todas las luchas.

El día era frío y claro. La Castellana tenía ese aspecto de distinción perfecta que le dan por la mañana sus jinetes y sus amazonas, los cochecitos ligeros[60] guiados por sus dueños, y los niños custodiados por servidumbre de casa grande. Grupos de muchachas y de muchachos elegantes pasaban alegres, seguidos de la lamentable caricatura de la señora de compañía. También pasaban, siempre con la inevitable escolta, parejas de novios que caminaban de perfil, mirándose a los ojos con convencional arrobo.

Aparte las niñeras, Libertad era, en toda la aristocrática avenida, la única mujer destocada. Era también la única cuya indumentaria carecía en absoluto de significación, hasta el punto de no resultar ni siquiera pobre. Al cruzarse con una muchacha más llamativamente elegante que las demás, Luis pensó que esa mujer, desprovista de la riqueza de su atavío, no sería ya nada, y que, por el contrario, a Libertad, ningún atavío, por lujoso que fuese, podría añadirle algo que la superase.

Desde que la tenía nuevamente a su lado, se habían esfumado como por encanto todos los temores que le venían atormentando desde la víspera. Su amiga estaba ahí, junto a

60. *cochecitos ligeros*: como se explica en nota 29, se trata de coches de tracción animal.

él: esto era lo esencial... Lo demás, ya se explicaría luego, naturalmente.

Así es que no hubo de hacer esfuerzo alguno para preguntar, con toda tranquilidad, sin dar importancia a su frase:

—¿Qué le pasó ayer, que no fue al Ateneo?

Pero, en lugar de la respuesta pronta que él esperaba, la muchacha vaciló un punto, y por fin, como quien se quita un peso de encima, contestó rápidamente, sin mirarle:

—Pues... que estaba preparando el viaje.

Luis todavía no desconfiaba.

—¿El viaje? ¿Qué viaje? —insistió.

—Pues el mío. Me marcho pasado mañana.

—¿Para cuántos días?

—Para... no sé... He encontrado una colocación en París.

Luis se paró en seco, y, sin reparar en donde estaba, la agarró del brazo, exclamando con voz bronca:

—¡Eso no es verdad! ¡Eso no puede ser!

Algunos transeúntes volvieron la cabeza. Unas amas se acercaron curiosas, con sus niños en brazos, no queriendo perderse las primicias de una escena pasional. ¡Quién sabe si de un drama!

Luis, con la cara arrebatada y los dientes prietos, sacudía nerviosamente el brazo de su amiga. Libertad, azorada, miró angustiosamente a su alrededor. Estaban frente a una vaquería,[61] cuyo portón grande abierto les brindaba la soledad de su jardín, oculto casi completamente tras la espesa cortina de hiedra de su verja; la muchacha se cogió del brazo de Luis, y le llevó hasta unas sillas de paja que rodeaban uno de los veladores de mármol blanco diseminados entre los arriates desnudos.

---

61. *vaquería.* Lugar donde, además de vender leche —también albergaba el establo de las vacas, en la parte trasera— se servían desayunos y meriendas.

Un camarero anciano y soñoliento, vino extrañado a ver qué querían esos clientes inopinados, a esas horas que no eran de merienda, y en esa época en que a ningún ser viviente que no fuese un perro vagabundo se le ocurría entrar allí.

—¿Qué va a ser? —preguntó con voz cascada.

Luis se había dejado conducir como un niño, y permanecía callado, como no queriendo expresarse con la violencia con que le acudían los pensamientos.

Libertad, henchida de pena, le había cogido una mano y la apretaba entre las suyas, mirándole con infinita dulzura.

El camarero, viendo que no le respondían, debió de comprender que, para esos clientes extraordinarios, la consumición era lo de menos. Se retiró sin insistir, y volvió a poco con dos copas de leche que dejó sobre el velador.

—¿Desean algo más? —atrevióse sin embargo a preguntar, desde luego sin la menor esperanza de que le contestasen; únicamente por cumplir a conciencia los requisitos de su obligación.

Y, en efecto, retiróse sin fijarse siquiera en que Libertad le contestaba negativamente con la cabeza, y se fue a ocupar nuevamente el puesto que la costumbre le tenía asignado desde varios lustros para las "horas muertas"; el asiento en uno de los dos poyos de piedra de la entrada del edificio.

Libertad, viéndose por fin sola frente a su amigo, comenzó, poniendo toda su ternura en su voz, como quien de veras quiere convencer a un niño:

—Luis, ante todo le suplico no me quite mi valor. Me hace falta mucho para decirle esto.

Pero Luis la interrumpió acerbamente:

—No sé por qué. ¿No es usted muy dueña de hacer lo que le place? Yo, al fin, ¿qué soy? Un amigo, uno de tantos entre otros muchos.

Se había exaltado de nuevo. Libertad le consideró con infinita tristeza:

—No sea usted malo. No nos martirice a los dos. De sobra sabe usted que no es usted para mí un amigo como otros... Y por eso me voy —añadió más bajo.

Luis, en un arranque espontáneo, cogióle las dos manos, y, transfigurado por la emoción, casi le gritó:

—No, por eso mismo, no se puede usted ir. Ahora ya no la dejaré marchar. La necesito, Libertad. La necesito con todo mi cariño, con todas las fuerzas de mi ser. ¿No lo sabe? ¿No lo sabes, di?

Pero ella retiró suavemente la mano.

—No diga locuras, Luis. Demasiado locos hemos sido hasta ahora. Tal vez la culpa sea mía; yo debí haber previsto lo que sucedería. Pero... ¡me era tan dulce nuestra amistad! He sido cobarde. Estos días lo he comprendido con entera clarividencia.

—¿Estos días...?

—Luis, no me obligue a decirle cosas que me duelen horriblemente. Ya sabe que no tengo susceptibilidades ridículas; pero, ya ve: su niña enferma, grave; yo, teniendo que contentarme con preguntar por ella a la portera..., usted en su casa, separado de mí sólo por un tabique, pero con sus deberes, ante los cuales yo nada puedo ser... Luis, ya ve usted en qué pendiente estamos. Para mí no existen prejuicios ni leyes convencionales, pero veamos las cosas de frente: usted sabe que no sirvo para *querida, ¿*verdad?

—Yo sólo sé que la necesito —gimió Luis—. La respetaré siempre, se lo juro; pero no se vaya, ¡no me deje!

—No me ha entendido usted —insistió sonriendo tristemente la muchacha—. Ciertos actos son lo de menos. Y yo no puedo ser tampoco la *querida moral, ¿*comprende, Luis?

—No, mi querida no —protestó él—. Mi mujer, mi verdadera mujer. Mi compañera. ¿Qué le importa a usted alguien a

197

quien no quiero, que no me quiere, a quien sólo me ligan unas cadenas?

—Créame, Luis. Para decidirme a hablarle como lo hago, he tenido que sufrir mucho, mucho. Y que meditar mucho también. Mi decisión es irrevocable. Una situación equívoca, sucia... No, no podría..., no puedo.

—Pero eso no será, se lo prometo, se lo juro; usted no puede creer que, dadas las relaciones que yo tengo con mi mujer, tenga yo para con ella más obligación que la de ampararlas materialmente, a ella y a la niña. Ella, de mí no quiere más: eso y la posición social. Lo que usted no quiere, lo que usted desprecia. Pues, ya verá como todo se arregla, Libertad. Se irán con mi madre, y yo seré sólo de usted, ya lo verá. Se lo suplico. Tenga un poco de paciencia..., aguarde un poco... Se lo suplico...

Hablaba febrilmente, implorando, como si temiese perder la esencia misma de su vida. La muchacha lo consideraba con intensa pena.

—No me pida lo imposible, Luis. Yo debo marcharme. Pero no me alejo de usted. Si algún día cree poder ser libre, no por mí, sino por usted, ¿me oye?, *por usted* —y recalcó las palabras—, entonces venga; le prometo esperarle. No me pida otra cosa. Yo también se lo suplico.

Y, mirándole a los ojos, añadió:

—Si me quiere de verdad, comprenderá que tengo razón.

Luis quiso insistir; la última frase le detuvo. Sí, precisamente porque la quería con toda su alma no debía intentar rebajarla, sino hacerse digno de ella. Un momento consideró el rostro de su amiga: esa boca ancha, con dientes anchos y fuertes, como los de un animal joven y sano; los ojos dorados, que a veces le habían parecido demasiado fríos,y que, en aquel instante, le parecían revelar una dulzura jamás vista hasta entonces. Recordó la excursión a San Fernando del Jarama: cómo aquel día, junto al río, y luego en la carretera, había sentido un invencible deseo de recostar su cabeza en el pecho de la muchacha, y a un tiempo de acariciarle la corta cabellera crespa en un gesto de fraternal protección...

Ella, advirtiendo el examen, se sonrió.

—Y usted, Libertad, ¿me quiere?

—Sí —contestó ella valientemente, sin bajar los ojos—. Y soy toda de usted, Luis.

Le tendió la mano, que Luis apretó entre las suyas.

El camarero, que ya llevaba unos minutos rondando la mesa, no se sabe si por curiosidad, por desconfianza, o por que fuese a cambiar el turno y no quisiera perder la propina, tomó este gesto por una despedida, y se acercó.

Libertad se puso en pie.

A la puerta, quiso que se separaran.

—Hasta la tarde, ¿verdad? —imploró Luis.

—Sí —contestó ella—. Pero valientes, ¿eh?

Hablaba sonriendo, con una dulzura muy grande en la mirada y en la sonrisa.

—Lo que usted quiera —prometió Luis desesperado.

V

DEBATIÉNDOSE

Hacía ya tres meses que Luis había dejado de pertenecer a la secretaría de don Sabino, y todavía no se le había presentado ningún empleo adecuado.

Al principio, su afán de independizarse, recrudecido hasta la exasperación por la partida de Libertad, le llevó, naturalmente, a buscar aquellas situaciones en que creía ver posibilidades de emanciparse de la mezquindad moral de su existencia.

Como había dicho a su amiga, en aquella triste mañana del anuncio de la separación, a su mujer, lo único que le importaba de él era la posición social y económica que podía proporcionarle; por lo tanto, cuanto más brillante pudiese ser ésta, más satisfecha estaría ella, y menos la preocuparía el desvío, por aparatoso que fuese, de su marido. Luis sabía que a Salud nada le importaría que él se pasase, verbigracia, casi todo el año lejos de ella, con tal de que le mandase dinero suficiente para ostentar holgadamente su dignidad burguesa de *señora* legítimamente instalada en la vida. Así como sabía también que nada habría de perdonarle que significase merma de esa dignidad, y que *no pasaría por nada* mientras su amor propio hubiese de ser herido por dificultades monetarias.

Siendo esta la realidad de las relaciones del matrimonio, no era preciso forjarse aventuradas ilusiones para esperar que estas relaciones llegasen, sin grandes sacudidas, a dilatarse hasta ofrecer, un día no lejano, tan sólo ese mínimo indispensable de resistencia que se llama "guardar las formas". Pero sí era una ilusión, y muy grande, el creer que la independencia social y económica, necesaria para ese estado de indiferencia casi cordial que a Luis se le antojaba ahora prometedor como una nueva luna de miel, sí era una ilusión el creer que esta independencia pudiese basarse en una posición no muy definida en cuanto a ocupaciones, y, sin embargo, suficiente desahogada.

En la época de tertulias de café y juergas sin complicación que precedió a su amistad con Libertad, Luis había tratado bastante a un periodista, que a menudo habíale distraído, con sus anécdotas de redacción, del tedio que al poco rato le abrumaba en la mayoría de esas "diversiones". Era, el tal Espada, un chico asaz despabilado, cuya viveza de genio hacía muy aceptablemente las veces de talento; francote, servicial, con esa brusca camaradería de tuteo y fuertes palmadas en la espalda que para muchos substituye a la verdadera amistad, y con el único defecto de relatar con excesiva petulancia cuantos chismes aprendía e inventaba del mundillo político y teatral.

A la larga, cansaba; pero, en el trato superficial, era encantador.

Luis, con quien se tuteaba, naturalmente, pero que no sabía dónde ni cómo vivía, fue a verle a su redacción, atraído por el espejismo de esa vida que fascina desde fuera, con su ilusión de libertad, a los muchachos de la clase media asustados por los largos años de preparación de una carrera. Igual que la de las tablas fascina a las muchachitas modestas asustadas por la esclavitud de la oficina o del taller.

Espada acudió al momento al pequeño salón de visitas, y acogió a su amigo con su efusión de siempre:

—¡Hola querido! ¡Dichosos los ojos...!

Pero, al oír la pretensión de Luis, torció el gesto:

—¡Caray! ¡Caray! Mira chico; eso de entrar en un periódico, así como así..., la verdad, es bastante difícil. Figúrate: ¡qué más quisiera yo que tenerte aquí conmigo! Pero no veo, chico, no veo... Bueno, mira, yo hablaré con el director, un tío "que se las trae", te aseguro; como que si no fuese por ti... Pero nada, lo dicho: le hablo esta misma tarde, y ya veremos por dónde rebuzna. Pásate mañana a eso de las doce, que es cuando traen las entradas de teatro, y te podrás llevar alguna para la noche.

Aunque ya desalentado por esta entrevista, Luis volvió al día siguiente, a la hora indicada. Espada salió a su encuentro con los brazos abiertos y la cara radiante:

—¡Chico, menuda suerte tienes! Nada, ¡que somos compañeros! ¡Enhorabuena...! ¡Menudo alegrón tengo!...

Luis se dejó abrazar, abrazó, dio las gracias...

Le parecía que la habitación se había puesto a girar, con sus sillas de similicuero descolorido, y su mesa de juzgado de tercera clase. Algo aturdido, preguntó:

201

—Bueno, y ¿qué tendré que hacer?

Espada se echó a reír:

—Eso ya se te dirá mañana. Tú te vienes aquí tempranito, que ya te encarrilaremos, descuida.

Luis, tímidamente, atrevióse a insistir todavía:

—¿Tendré que estar todo el día?

—Mira chico, eso... ¡cualquiera lo sabe! Lo mismo puedes largarte a las dos o las tres y no volver hasta el otro día, como tienes que pasarte la noche *in albis* a la puerta de Palacio o en el Depósito.

—Sí, ya comprendo —murmuró el neófito algo desencantado—. Y, perdona que me cerciore de esto, pero ya sabes..., la familia..., y ¿qué sueldo tengo?

Espada pareció asombrarse con la pregunta:

—Hombre, de eso no hemos hablado. Figúrate: ¡con la suerte que es el entrar de buenas a primeras en un periódico como éste! ¡Ahí es nada! Ya comprenderás que al director no le iba a venir además con ésas. Pero se lo podemos preguntar mañana mismo al administrador, a ver si sabe algo. Yo te lo presentaré —ofreció con su incondicional cordialidad—. No temas, hombre, que aquí no se abusa de nadie; no te darán lo que a mí, que llevo diez años emborronando cuartillas, pero...

—Claro. ¡No faltaba más! Nunca lo he pretendido— asintió Luis modestamente.

Mas, deseoso de "formarse siquiera una idea", insinuó:

—Tú sí que tendrás buen sueldo, ¿eh?

El otro se engalló:

—De los que más cobran: sesenta duros.

Luis se quedó de una pieza.

¿Qué hacía él con trescientas pesetas? Y ¡ni siquiera las tendría!

Se excusó dando explicaciones: claro, para un muchacho soltero, no era ninguna bicoca..., pero él tenía cargas...

Espada lo tomó casi a desaire personal.

202

Luis, sintiendo molestarle, y asiéndose a una postrer esperanza, propuso:

—¿Y si mandase artículos desde fuera?

—¡Como que faltan colaboradores! —replicó el otro agriamente—. Y con la firma que tú tienes... A menos que quieras ser de esos "espontáneos", que se contentan con ver su nombre en letras de molde...

Con todo, la ayuda de Espada fue la más enjundiosa que se le ofreció.

En unos días, agotó todas sus relaciones. Quiso encontrar algo por sí solo. Con la osadía que da la desesperación, se atrevió a presentarse sin recomendaciones en empresas de negocios, en casas editoriales, allí en donde pensaba podría convenir un secretario de sus condiciones, donde cabía la posibilidad de un empleo decoroso para un muchacho de cultura harto más amplia e inteligencia más aplomada que las que veía de ordinario en los que conseguían esos puestos.

En todas partes le pidieron sus títulos, no queriendo admitir aptitudes que no llevasen por delante el salvoconducto de un examen cualquiera. Y Luis sentía poco a poco su energías para la lucha fundirse en el pesimismo despertado por un ambiente en que el valer personal no tiene significación propia, ni se cotiza sin *padrinos*.

Quedábale todavía un recurso: sus tíos, que, con sus influencias y amistades, le encontrarían seguramente un hueco en algún organismo oficial. Pero Luis, además de la repugnancia que le inspiraba el ir a rebajarse nuevamente ante unos parientes por quienes se sabía despreciado, decíase que aquello era la muerte, la renunciación definitiva a todas las ilusiones que le sostenían.

En un empleo en que tuviese que demostrar cualidades de inteligente iniciativa, siempre cabía la esperanza de crecer, de sobrepasarse; en una palabra: de vivir. Pero una credencial, con la inmutabilidad de sus ascensos a plazo fijo, con la mezquindad invariable, fatal, de su pasar... Aquello era lo último. Antes era preferible cualquier trabajo, por ingrato que fuese. Y pensaba con irritación que, de estar solo, habría emigrado, aunque hubiese sido en calidad de fogonero.

Al acabarse la segunda mesada percibida al dejar la secretaría de don Sabino, no hubo más remedio que empeñar lo único que tenía algún valor en la casa: el reloj del padre de Luis y unos aretes de brillantitos que Salud había pagado a plazos a su madre, distrayendo las cantidades necesarias de la comida de todo un año.

Luis habíale confesado su cesantía a su mujer lo más tarde posible, cuando ya llevaba varias semanas de busca infructuosa, y, para amortiguar el golpe y prevenir la escena indubitable, había asegurado al mismo tiempo que tenía, por varios conductos, certeras esperanzas, no ya de recuperar en breve la posición perdida, sino de hallar otra mucho mejor. La petición de las alhajas, que Salud guardaba siempre bajo llave, cayó, pues, como un rayo. El reloj, pase todavía: era un recuerdo sentimental, que de nada servía; pero ¡los aretes!... Desde niña, desde que hubo contentado la vanidad del traje de primera comunión, Salud había soñado con unos pendientes de brillantes, lujo primero de la mujer burguésmente casada o medianamente "comprometida". El día que su madre le trajo la "ocasión", se los había dejado hasta para dormir. Y ahora tenía que desposeerse de ellos, quién sabe, tal vez que arriesgar perderlos, y esto porque tenía la desgracia de estar casada con un tarambana, con un calavera incapaz de mantener siquiera a los suyos...

Fue una escena terrible de reproches e insultos en que, olvidando todo decoro, y hasta la escucha alerta de la criada, el matrimonio echóse en cara de una vez todas sus faltas y todos sus rencores.

Al día siguiente, la señora Ascensión, requerida por su hija, vino a representar la segunda parte, con sus recriminaciones y sus lamentos.

—Todo —como decía, dirigiéndose a Salud, ante el marido que contenía a duras penas los denuestos que le subían a los labios— por haberle hecho caso a un señoritingo de mala muerte, en lugar de haber sabido aprovechar lo que Dios te había dado.

Y, unos días después, una carta de su madre, prolijamente enterada a su manera por su nuera, vino a colmar la copa de amargura, trayéndole a Luis la irritación de verse reprochar, como una ligereza indigna de sus años y de su estado, y una falta de respeto a la memoria de su padre, un acto que tantos sufrimientos y disgustos le había traído ya de por sí.

* * *

Y, para paliar sus sinsabores, no tenía más que el consuelo agridulce de las cartas de Libertad.

Las leía en Correos mismo, ante la mirada irónica de la empleada de la Lista,[62] que buena sorpresa se hubiera llevado de seguro al ver que esas misivas, devoradas con tanta impaciencia, no contenían ni una sola frase de amor.

Eran cartas casi fraternales, en que la muchacha contaba los pormenores de su existencia activa y animosa, y se interesaba de corazón, como una consejera buena y amante, por la existencia de su amigo. Luis, al leerlas, sentíase alentado, más aún porque reavivaban su cariño hacia alguien que encarnaba ante él la belleza del esfuerzo y de la lucha aceptada sin desmayo, que por las mismas frases de estímulo que encerraban.

---

62. *Lista*: se refiere a Lista de Correos, oficina de Correos adonde se dirigen las cartas y paquetes, cuyos destinatarios acuden allí a recogerlos.

Libertad hablaba de sus trabajos en esa editorial dedicada a la publicación en francés de obras extranjeras. "Estudio mucho —decía—, pues quiero conocer a fondo la literatura clásica, para poder así anotar y comentar mis traducciones, dignificar y elevar en cierto modo mi trabajo, infundiéndole algo de mí misma".

Y Luis recordaba aquel *no quererse acostumbrar* que había salvado a su amiga en sus más trágicas situaciones, protegiéndola siempre del rodar hasta abajo en los precipicios de la miseria, ¡No quererse acostumbrar a lo bajo, a lo denigrante, a lo inferior a uno, *a lo que uno puede sobrepasar!* ¡Cuántos esfuerzos, y qué esfuerzo tan continuado suponía ello! Tampoco él quería acostumbrarse, someterse... Y, verdaderamente, al acabar de leer o de releer estas cartas de una muchacha aislada y desamparada como pocas, sentíase capaz de todas las victorias sobre sí mismo y sobre la vida.

La imagen de Libertad tomaba en el recuerdo de su amigo un carácter cada vez más imperativo de nobleza y de independencia, y Luis no se atrevía a contestarle sinceramente, avergonzándose de contar sus fracasos y de expresar su descorazonamiento a esa niña que había sabido, sola frente al mundo, abrirse el camino que le convenía, y no apartarse de él a pesar de todas las contingencias adversas. Pero, eso sí, las cartas de Luis eran más vehementes que las de Libertad: aquel "la necesito" que le había dicho un día, volvía en todas ellas como el *ritornello* de su mal reprimida desesperación.

Esta frase había sido también la última, de su despedida. Libertad había llegado a la estación con una provisión de energía cuyo fingimiento denotábase en la febrilidad de la mirada y la sonrisa. Faltaban pocos minutos para la salida del tren, y Luis, que llevaba un gran rato de espera rumiando frases exaltadas, sólo pudo cambiar con ella unas palabras indiferentes acerca del viaje. Frente a la muchacha, olvidósele instantáneamente cuanto llevaba preparado su pensamiento excesivamente acalorado, y todo su afán de cariño resumióse en esta pregunta vulgar:

—¿Tiene usted almohada?

Pero ella supo agradecer todo lo que estas palabras encerraban con la ternura con que le miró.

Al subir al vagón le alargó la mano; mas Luis, en lugar de apretar esta manita entre las suyas, como siempre lo hacía, la llevó a sus labios. Entonces ella, sencillamente, como lo hubiera hecho una hermana, se alzó de puntillas y, atrayendo hacia sí la cabeza de su amigo, le besó, con un beso casto y tranquilo, que emocionó al muchacho sin despertar en él un asomo de mal deseo.

—¡No olvide que la necesito! —murmuró.

Arrancó el tren. Luis, crispando la cara en una sonrisa que quería responder a la forzada sonrisa con que Libertad le despedía —una sonrisa lastimera de niña que va a romper a llorar—, acompañó el coche hasta que se inició la aceleración de la marcha. Maquinalmente, agitó la mano durante un rato. El tren no fue ya más que un puntito de luz que desapareció velozmente, y el muchacho se encontró de pronto solo en el andén.

Con gran trabajo, dirigióse hacia la salida. El bullicio de la plaza ante la estación, con las interjecciones de los cocheros y el asalto a los tranvías que subían de la Bombilla,[63] le irritó como un escarnio al duelo que llevaba en el alma.

Pero no se dio bien cuenta de que se había ido toda su alegría hasta que, al volver a casa, pasó ante la puerta del cuarto ya vacío.

63. *Bombilla*: popular zona de Madrid, próxima al río Manzanares y a San Antonio de la Florida, que era famosa por sus merenderos y lugares de esparcimiento.

VI
EL GRABADO DEL MONTE SAN MIGUEL

Y pasaban los días, sin aportar otra cosa que una creciente irritación. Ya todo esfuerzo parecía inútil, estrellado aún antes de realizarse contra ese muro invisible levantado ante cualquier iniciativa por un ambiente cada vez más indiferente y más hostil. Cada vez más: porque a Luis violentado en su orgullo a cada nueva gestión y herido dolorosamente en su amor propio luego a cada nuevo fracaso, se le imaginaba ahora, y tal vez con fundamento, que todos tenían ya por él esa cordialidad distante con que se acoge a aquéllos de quienes se puede temer la petición de un favor, cuando no un "sablazo" más o menos directo.

Había días en que esta sensación era tan aguda, tan insoportable, que le paralizaba hasta su energía física, y que, sin valor para afrontar más negativas, convencido de que nada servía ya de nada, no se decidía a levantarse siquiera de la cama, y se quedaba así acostado, en una semipostración que le idiotizaba, hasta muy entrado el día; mientras Salud, sublevada por esa "zanganería" iba de un lado para otro en la alcoba, con gran agitación de gestos y palabras, sin que él pareciese tan sólo advertirlo.

Y otros días, por el contrario, lanzábase a la calle muy de mañana, decidido a no dejar sin probar ninguna de las escasas y problemáticas posibilidades de éxito que le quedaban. Y acudía entonces a todas las direcciones dadas por los anuncios de los periódicos, esos anuncios que, leídos al despertar, parecían, a pesar de los desengaños ya sufridos, iluminar el cuarto con la nueva de una esperanza —(sí, ¡éste seguramente no me falla!... Para esto, nadie mejor que yo!)— y que luego, *de cerca,* resultaban siempre, inevitablemente, una explotación descarada de muertos de hambre, cuando no un irrisorio engaña-bobos.

Una vez, Luis, frente a Calatravas,[64] se encontró a Simancas, que paseaba en un grupo de *gomas*[65] como él. Le dio rabia verle, siempre tan orondo, tan bien instalado en el mundo, con su estupidez y su vacuidad absoluta de espíritu, e hizo como que no le veía. Pero el otro, separándose de los que le acompañaban, se abalanzó sobre él con un torrente de preguntas, y una efusión que era imposible esquivar.

—¿Qué es de tu vida, hombre? ¿Dónde te metes? ¿En qué te ocupas ahora?

—Psch..., tengo varias cosas pendientes... Unos negocios...

El tono quería en vano aparecer despreocupado. Simancas no se dejó convencer, y, cordial, ofreció la mediación de su camaradería:

—Pues mira, chico, si no tienes empleo todavía, debías de volver a casa de mi tío. En el fondo, ya sabes que es buena persona; y te quiere, no creas. Aquello fue una tontería, y estoy seguro de que le pesa más que a ti. Si quieres, yo le hablo. ¿Hace?

Luis iba a aceptar. Al fin y a la postre, esto era una solución, y aunque sólo fuese de momento, una solución inesperada. Más tarde, ¡Dios diría! Pero los amigos de Simancas, impacientes, se habían acercado. Eran todos chicos "bien", ajenos seguramente a esas mezquinas preocupaciones de empleo y de puchero. Luis creyó ver en su actitud cierta conmiseración irónica; la cordialidad de Simancas no era probablemente sino eso también. Recordó a Jardines, las

---

64. *Calatravas*: se refiere a la iglesia de las Calatravas, sobre lo que fue convento del mismo nombre, en la calle de Alcalá.

65. *gomas*: véase nota 42.

burlas de que era objeto el pobre oficinista cargado de familia y entumecido en la monótona imbecilidad de sus tareas... Y, espoleado bruscamente por un orgullo irrazonado, contestó, arrepintiéndose al tiempo que lo hacía:

—Gracias, cree que te lo agradezco. Pero, la verdad, para lo que ganaba allí, prefiero haberme ido.

Pasaban los días sin aportar más novedad que su descorazonamiento, cada día más desesperado.

El importe del empeño del reloj y de los aretes tocaba a su fin. Salud había hablado ya repetidas veces de ir a ver ella misma a los tíos, y hasta de pedirle un préstamo al protector de Encarna. No se hacían más que los gastos estrictamente precisos, pero ya empezaban a atormentar algunas pequeñas deudas: el zapatero que componía el calzado había reclamado dos veces las últimas "medias suelas" y "dos pares de tapas"; al lechero se le había dejado de pagar una semana bajo el ingenuo pretexto de no tener cambio; la chica también había cumplido el mes y, aunque la señora hacía como que no se acordaba y ella no se atrevía a pedirlo, podía exigirlo de un momento a otro. Por de pronto, se insolentaba más que de costumbre.

Y Luis veía con terror disminuir el poco dinero que aun había en casa, y llegar el momento en que tendría, forzosamente, que pedir y aceptar cualquier puesto, con tal de poder comer.

* * *

Una noche, al llegar a su casa, con el cuerpo y el alma rendidos de haber trajinado todo el día inútilmente, se encontró a Salud arrodillada ante el cajón del armario.

No prestó atención a lo que la ocupaba, pero ella le llamó:

—¿No ves lo que hago?

Su voz tenía inflexiones de dulzura inaudita.

Luis la miró sorprendido. Ella se le acercó mimosa:

—Pero ¿no ves, hombre?... ¿Qué hay ahí dentro?

—¡Yo qué sé! Trapos.

—¡Huy, trapos! Pero, míralo, tonto.

Y, rodeando con el brazo el cuello de su marido, obligóle a inclinarse sobre el cajón.

Estaba lleno de ropitas de canastilla. Luis no se atrevía a comprender.

—Pero... ¿Es que...?

—Sí, hombre, sí. No te quise decir nada hasta no estar segura, ¿sabes?

Se frotaba contra él con gestos de gata. Le besó, y él, maquinalmente, le devolvió el beso.

—¿Estás contento? Será chico, ya verás. Me lo da el corazón. Y ahora tengo que darte otra buena noticia. He ido a casa de tus tíos. Mejor dicho, he vuelto, pues ya estuve anteayer. No te lo dije porque, como eres así. Pero ahora, ya no puedes enfadarte. Pues sí, te han encontrado algo: entras el mes que viene en casa del administrador de... Bueno, de no sé quién. La cosa es que ya estamos tranquilos, y además que ganarás veinte duros más que antes. Tienes que estar todo el día, es verdad; pero ¿para lo que hacías por las tardes! ¡Dame un beso, *desaborío*!

En cuanto pudo desasirse sin dureza de las caricias de su mujer, Luis salió a la terraza. Hacía ese frío intenso que marca a menudo en Madrid la llegada de la primavera. Luis se dobló sobre la balaustrada, apoyando su rostro ardiente en la piedra helada.

La cosa es que ya estarían tranquilos, decía Salud. Sí, ya había terminado la lucha. La única lucha que proseguiría en adelante sería la disputa grotesca, sempiterna, invariable, del desacuerdo doméstico. Una lucha de la que una mujer podía lamentarse, con la seguridad de ser compadecida, pero que un hombre no podía dejar vislumbrar sin merma de su dignidad. Sí, ya su rebeldía habría de limitarse a las escenas denigrantes de los cónyuges enemigos; en lo demás, sólo le cumplía ya dejarse llevar por la corriente, procurando tener los ojos bien cerrados para enterarse lo menos posible de los accidentes del camino.

Recordó la reciente actitud, tan inopinadamente cariñosa de su mujer, y esto le trajo a la memoria sus primeros tiempos de casado. Pero ahora ya sabía lo que valía el histerismo de la mujer encinta, reducida por unos meses a su papel de hembra, y, como tal, dócilmente sometida al hombre a cuyo abrigo se ampara. Y, al pensar en ese estado de inconsciencia de Salud; al pensar que, durante una temporada más o menos larga, su desacuerdo se revestiría de una simulación amorosa en la que ya no podía creer, y que fatalmente habría de terminar en cuanto la naturaleza de la futura madre volviese a su normalidad, sintió que una pena infinita le embargaba todo: pena por él mismo, por Salud, que también podía haber sido feliz siguiendo otro rumbo, verbigracia el de Encarna; y pena, por fin, por sus hijos, por esa niña destinada a sufrir, bien fuese con los sufrimientos de su padre, bien fuese con los de su madre, y por esa otra creación de su ser que aún no tenía forma y cuyo anuncio acogía como el de una desgracia...

Alzó la frente, que el frío de la piedra no había logrado refrescar. La noche, muy pura, recortaba la visión de un Madrid iluminado por miriadas[66] de luces, y llevaba allí arriba, a aquel balcón-otero,[67] una impresión singular de actividad vibrante, de vida intensa...

La puerta de la terraza frontera se abrió, dejando vislumbrar un interior triste: dos mujeres de luto cosiendo junto a una

66. *miriadas*: cantidad muy grande (*DRAE*).

67. *balcón-otero*: creación personal de la autora, que ofrece a la terraza del protagonista las condiciones de otero, es decir, cerro desde el que se domina un valle, en este caso, Madrid.

mesa cubierta con un tapete obscuro, bajo la luz melancólica de una lámpara de pantalla opaca. Salió un hombre, abrigado con una capa, y vació encima de un tiesto el resto de una jarra de barro. Luego se entró, y cerró cuidadosamente la puerta y las maderas, dejando otra vez la terraza en sombra.

Luis pensó en Libertad, en *lo que podía haber sido.* Ya era inútil intentar siquiera rebelarse. ¡Qué presunción el querer enmendar el destino, una vez esté puesto en marcha!

Se sentía el pecho oprimido, con una sensación de ahogo que le subía hasta la garganta. Y esta sensación trajo a su memoria el recuerdo de un antiguo grabado francés que colgaba en el despacho de su padre, y que había obsesionado toda su infancia. Representaba los arenales del monte San Miguel. Al fondo, veíase un monte San Miguel diminuto, con sus murallas salpicadas de una muchedumbre de puntitos negros que querían figurar sin duda sus defensores. En primer término aparecía un hombre, del cual divisábanse tan sólo la cabeza y los brazos, pues estaba enterrado hasta el cuello en la arena. Y era una cosa pavorosa el ver el gesto de ese hombre, que se comprendía luchaba sobrehumanamente por salvarse de la arena en la cual se iba hundiendo poco a poco, con sus ojos fuera de las órbitas, su boca desencajada por los gritos de espanto, y sus brazos agitados en vano en demanda de un auxilio que no había de llegar. Al pie de la estampa, unas líneas impresas en una letra muy complicada, con muchos rabos y adornos de mayúsculas, explicaban lo terrible de esos arenales normandos, por donde el caminante va descuidado hasta que pone la planta en una de las trampas disimuladas por una naturaleza cruel, y se sumerge luego lentamente, hundiéndose más a cada esfuerzo que hace por salvarse.

De niño, Luis había tenido muchos de sus sueños atormentados por esta visión terrorífica. Más tarde, el grabado había desaparecido del despacho, y ya no se había vuelto a acordar de él. Y ahora, al cabo de tantos años, se le aparecía nuevamente con la obsesión de la infancia.

Él también se había enterrado en vida, y todos sus esfuerzos por salvarse sólo habían servido para hundirle más. Él también, como aquel paseante de los arenales que agitaba convulsivamente los brazos por encima de su mueca de horror, había puesto inocentemente el pie en la trampa, y se había encontrado cogido para siempre en su martirio. Y todo esfuerzo había de ser inútil.

Salud le llamó:

—¿No vienes a cenar? Sí que es ocurrencia estarte ahí al frío.

—Voy.

Echó una última mirada a la terraza, en donde ya no había de aparecer Libertad, y, sacudiendo con un movimiento de hombros todas sus ilusiones pasadas, entró en su casa y se sentó frente a su mujer.

Madrid, junio de 1923.

Índice de ilustraciones

ESTE LIBRO
SE TERMINÓ DE IMPRIMIR
EL DÍA 3 DE DICIEMBRE DE 2000.

TÍTULOS PUBLICADOS